GOTTHOLD EPHRAIM LESSING

Fabeln
Abhandlungen über die Fabel

D1711350

HERAUSGEGEBEN VON
HEINZ RÖLLEKE

PHILIPP RECLAM JUN. STUTTGART

Universal-Bibliothek Nr. 27
Alle Rechte vorbehalten
© 1967 Philipp Reclam jun. GmbH & Co., Stuttgart
Bibliographisch ergänzte Ausgabe 1992
Gesamtherstellung: Reclam, Ditzingen. Printed in Germany 2001
RECLAM und UNIVERSAL-BIBLIOTHEK sind eingetragene Marken
der Philipp Reclam jun. GmbH & Co., Stuttgart
ISBN 3-15-000027-0

Fabeln

Drei Bücher

[1759. 1777]

Gotthold Ephraim Leßings

Fabeln.

Drey Bücher.

Nebst Abhandlungen mit dieser Dichtungsart
verwandten Inhalts.

Berlin,
bey Christian Friedrich Voß 1759.

Ich warf, vor Jahr und Tag, einen kritischen Blick auf meine Schriften. Ich hatte ihrer lange genug vergessen, um sie völlig als fremde Geburten betrachten zu können. Ich fand, daß man noch lange nicht so viel Böses davon gesagt habe, als man wohl sagen könnte, und beschloß, in dem ersten Unwillen, sie ganz zu verwerfen.

Viel Überwindung hätte mich die Ausführung dieses Entschlusses gewiß nicht gekostet. Ich hatte meine Schriften nie der Mühe wertgeachtet, sie gegen irgend jemanden zu verteidigen; so ein leichtes und gutes Spiel mir auch oft der allzuelende Angriff dieser und jener würde gemacht haben. Dazu kam noch das Gefühl, daß ich itzt meine jugendlichen Vergehungen durch bessere Dinge gutmachen und endlich wohl gar in Vergessenheit bringen könnte.

Doch indem fielen mir so viel freundschaftliche Leser ein. – Soll ich selbst Gelegenheit geben, daß man ihnen vorwerfen kann, ihren Beifall an etwas *ganz* Unwürdiges verschwendet zu haben? Ihre nachsichtsvolle Aufmunterung erwartet von mir ein anderes Betragen. Sie erwartet, und sie verdienet, daß ich mich bestrebe, sie, wenigstens nach der Hand, recht haben zu lassen; daß ich so viel Gutes nunmehr wirklich in meine Schriften so glücklich hineinlege, daß sie es in voraus darin bemerkt zu haben scheinen können. – Und so nahm ich mir vor, was ich erst *verwerfen* wollte, lieber soviel als möglich zu *verbessern*. – Welche Arbeit! –

Ich hatte mich bei keiner Gattung von Gedichten länger verweilet als bei der *Fabel*. Es gefiel mir auf diesem gemeinschaftlichen Raine der Poesie und Moral. Ich hatte die alten und neuen Fabulisten so ziemlich alle, und die besten von ihnen mehr als einmal, gelesen. Ich hatte über die Theorie der Fabel nachgedacht. Ich hatte mich oft gewundert, daß die gerade auf die

Wahrheit führende Bahn des *Aesopus*[1], von den Neuern,
für die blumenreichern Abwege der schwatzhaften
Gabe zu erzählen, so sehr verlassen werde. Ich hatte
eine Menge Versuche in der einfältigen[2] Art des alten
Phrygiers gemacht. – Kurz, ich glaubte mich in diesem
Fache so reich, daß ich vors erste meinen Fabeln, mit
leichter Mühe, eine neue Gestalt geben könnte.

Ich griff zum Werke. – Wie sehr ich mich aber wegen
der leichten Mühe geirret hatte, das weiß ich selbst am
besten. Anmerkungen, die man während dem Studieren
macht und nur aus Mißtrauen in sein Gedächtnis auf
das Papier wirft; Gedanken, die man sich nur zu
haben begnügt, ohne ihnen durch den Ausdruck die
nötige Präzision zu geben; Versuchen, die man nur zu
seiner Übung waget, – – fehlet noch sehr viel zu einem
Buche. Was nun endlich für eines daraus geworden; –
hier ist es!

Man wird nicht mehr als sechse[3] von meinen alten
Fabeln darin finden; die sechs prosaischen nämlich, die
mir der Erhaltung am wenigsten unwert schienen. Die
übrigen gereimten mögen auf eine andere Stelle war-
ten. Wenn es nicht gar zu sonderbar gelassen hätte, so
würde ich sie in Prosa aufgelöset haben.

Ohne übrigens eigentlich den Gesichtspunkt, aus
welchem ich am liebsten betrachtet zu sein wünschte,
vorzuschreiben, ersuche ich bloß meinen Leser, die *Fabeln* nicht ohne die *Abhandlungen* zu beurteilen. Denn
ob ich gleich weder diese jenen noch jene diesen zum
Besten geschrieben habe; so entlehnen doch beide als
Dinge, die zu *einer* Zeit in *einem* Kopfe entsprungen,

---

1. Der legendenumwobene Schöpfer der antiken Tierfabel, nach dem
alsbald die Gattung benannt wurde (sog. ›aesopische Fabeln‹), war ein
phrygischer Sklave im 6. Jh. v. Chr.
2. einfachen.
3. Vielmehr sieben, nämlich I 14, 17 und 29; II 7, 8 und 10; III 15.
Lessing wird die beiden Fabeln II 7 und 8 des gleichen Vorwurfs wegen
für eine gerechnet haben.

allzuviel voneinander, als daß sie einzeln und abgesondert noch ebendieselben bleiben könnten. Sollte er auch schon dabei entdecken, daß meine Regeln mit meiner Ausübung nicht allezeit übereinstimmen: was ist es mehr? Er weiß von selbst, daß das Genie seinen Eigensinn hat; daß es den Regeln selten mit Vorsatz folget und daß diese seine wollüstigen Auswüchse zwar *beschneiden,* aber nicht *hemmen* sollen. Er prüfe also in den Fabeln *seinen* Geschmack und in den Abhandlungen *meine* Gründe. –

Ich wäre willens, mit allen übrigen Abteilungen meiner Schriften, nach und nach, auf gleiche Weise zu verfahren. An Vorrat würde es mir auch nicht fehlen, den unnützen Abgang dabei zu ersetzen. Aber an Zeit, an Ruhe – – Nichts weiter! Dieses *Aber* gehöret in keine Vorrede; und das Publikum danket es selten einem Schriftsteller, wenn er es auch in solchen Dingen zu seinem Vertrauten zu machen gedenkt. – Solange der Virtuose Anschläge fasset, Ideen sammlet, wählet, ordnet, in Plane verteilet: so lange genießt er die sich selbst belohnenden Wollüste der Empfängnis. Aber sobald er einen Schritt weiter gehet und Hand anleget, seine Schöpfung auch außer sich darzustellen: sogleich fangen die Schmerzen der Geburt an, welchen er sich selten ohne alle Aufmunterung unterziehet. –

Eine Vorrede sollte nichts enthalten als die Geschichte des Buchs. Die Geschichte des meinigen war bald erzählt, und ich müßte hier schließen. Allein, da ich die Gelegenheit mit meinen Lesern zu sprechen, so selten ergreife, so erlaube man mir, sie einmal zu mißbrauchen. – Ich bin gezwungen, mich über einen bekannten Skribenten zu beklagen. Herr *Dusch*[4] hat mich

---

4. Johann Jakob Dusch (1725–87) hatte in der Vorrede zu seinen *Vermischten kritischen und satirischen Schriften* 1758 die von Lessing herausgegebene *Bibliothek der schönen Wissenschaften . . .* kritisiert (vgl. den 16. und 41. Literaturbrief).

durch seine bevollmächtigten Freunde, seit geraumer Zeit, auf eine sehr nichtswürdige Art mißhandeln lassen. Ich meine mich, den Menschen; denn daß es seiner siegreichen Kritik gefallen hat, mich, den Schriftsteller, in die Pfanne zu hauen, das würde ich mit keinem Worte rügen. Die Ursache seiner Erbitterung sind verschiedene Kritiken, die man in der *Bibliothek der schönen Wissenschaften* und in den *Briefen die neueste Litteratur betreffend* über seine Werke gemacht hat und er auf meine Rechnung schreibet. Ich habe ihn schon öffentlich von dem Gegenteile versichern lassen; die Verfasser der Bibliothek sind auch nunmehr genugsam bekannt; und wenn diese, wie er selbst behauptet, zugleich die Verfasser der Briefe sind: so kann ich gar nicht begreifen, warum er seinen Zorn an *mir* ausläßt. Vielleicht aber *muß* ein ehrlicher Mann, wie er, wenn es ihn nicht töten soll, sich seiner Galle gegen einen Unschuldigen entladen; und in diesem Falle stehe ich seiner Kunstrichterei und dem Aberwitze[5] seiner Freunde und seiner Freundinnen gar gern noch ferner zu Diensten und widerrufe meine Klage.

5. Unverstand.

ERSTES BUCH

1. Die Erscheinung

In der einsamsten Tiefe jenes Waldes, wo ich schon manches redende Tier belauscht, lag ich an einem sanften Wasserfalle und war bemüht, einem meiner Märchen den leichten poetischen Schmuck zu geben, in welchem am liebsten zu erscheinen, *La Fontaine*[6] die Fabel fast verwöhnt hat. Ich sann, ich wählte, ich verwarf, die Stirne glühte – – Umsonst, es kam nichts auf das Blatt. Voll Unwill sprang ich auf; aber sieh! – auf einmal stand sie selbst, die fabelnde Muse[7] vor mir.

Und sie sprach lächelnd: Schüler, wozu diese undankbare Mühe? Die Wahrheit braucht die Anmut der Fabel; aber wozu braucht die Fabel die Anmut der Harmonie? Du willst das Gewürze würzen. Gnug, wenn die Erfindung des Dichters ist; der Vortrag sei des ungekünstelten Geschichtschreibers, so wie der Sinn des Weltweisen[8].

Ich wollte antworten, aber die Muse verschwand. »Sie verschwand?« höre ich einen Leser fragen. »Wenn du uns doch nur wahrscheinlicher täuschen wolltest! Die seichten Schlüsse, auf die dein Unvermögen dich führte, der Muse in den Mund zu legen! Zwar ein gewöhnlicher Betrug –«

Vortrefflich, mein Leser! Mir ist keine Muse erschienen. Ich erzählte eine bloße Fabel, aus der du selbst die Lehre gezogen. Ich bin nicht der erste und werde nicht der letzte sein, der seine Grillen zu Orakelsprüchen einer göttlichen Erscheinung macht.

6. Jean de La Fontaine (1621–95), frz. Fabeldichter; seine Fabeln erschienen 1668, 1678 und 1694.
7. Eine ›Muse der Fabel‹ im engeren Sinn kennt die Antike nicht; Kalliope ist die Muse der erzählenden Dichtung überhaupt.
8. Philosophen.

2. Der Hamster und die Ameise

Ihr armseligen Ameisen, sagte ein Hamster. Verlohnt
es sich der Mühe, daß ihr den ganzen Sommer arbeitet,
um ein so weniges einzusammeln? Wenn ihr meinen
Vorrat sehen solltet! – –

Höre, antwortete eine Ameise, wenn er größer ist,
als du ihn brauchst, so ist es schon recht, daß die Menschen dir nachgraben, deine Scheuren ausleeren und
dich deinen räubrischen Geiz mit dem Leben büßen
lassen!

3. Der Löwe und der Hase

Aelianus de natura animalium[9] libr. I. cap. 38. Ορρωδει ο ελεφας
κεραστην κριον και χοιρου βοην.[10] Idem lib. III. cap. 31. Αλεκτρυονα
φοβειται ο λεων.[11]

Ein Löwe würdigte einen drolligten Hasen seiner nähern Bekanntschaft. Aber ist es denn wahr, fragte ihn
einst der Hase, daß euch Löwen ein elender krähender
Hahn so leicht verjagen kann?

Allerdings ist es wahr, antwortete der Löwe; und es
ist eine allgemeine Anmerkung, daß wir große Tiere
durchgängig eine gewisse kleine Schwachheit an uns
haben. So wirst du, zum Exempel, von dem Elefanten
gehört haben, daß ihm das Grunzen eines Schweins
Schauder und Entsetzen erwecket. –

Wahrhaftig? unterbrach ihn der Hase. Ja, nun be-
greif ich auch, warum wir Hasen uns so entsetzlich vor
den Hunden fürchten.

9. Claudius Aelianus, röm. Schriftsteller (um 200 n. Chr.). *De natura
animalium*, siebzehn Bücher in griech. Sprache.
10. »Der Elefant fürchtet eines Widders Hörner und eines Schweines
Grunzen.«
11. »Einen Hahn fürchtet der Löwe.«

4. Der Esel und das Jagdpferd

Ein Esel vermaß sich, mit einem Jagdpferde um die
Wette zu laufen. Die Probe fiel erbärmlich aus, und der
Esel ward ausgelacht. Ich merke nun wohl, sagte der
Esel, woran es gelegen hat; ich trat mir vor einigen
Monaten einen Dorn in den Fuß, und der schmerzt
mich noch.

Entschuldigen Sie mich, sagte der Kanzelredner *Lie-
derhold*, wenn meine heutige Predigt so gründlich und
erbaulich nicht gewesen, als man sie von dem glücklichen Nachahmer eines *Mosheims*[12] erwartet hätte; ich
habe, wie Sie hören, einen heisern Hals, und den
schon seit acht Tagen.

5. Zeus und das Pferd

Καμηλον ως δεδοικεν ιππος, εγνω Κυρος τε και Κροισος.[13] Aelianus
de nat. an. lib. III. cap. 7.

Vater der Tiere und Menschen, so sprach das Pferd und
nahte sich dem Throne des Zeus, man will, ich sei eines
der schönsten Geschöpfe, womit du die Welt gezieret,
und meine Eigenliebe heißt mich es glauben. Aber
sollte gleichwohl nicht noch verschiedenes an mir zu
bessern sein? –

Und was meinst du denn, daß an dir zu bessern sei?
Rede, ich nehme Lehre an: sprach der gute Gott und
lächelte.

Vielleicht, sprach das Pferd weiter, würde ich flüchtiger sein, wenn meine Beine höher und schmächtiger
wären; ein langer Schwanenhals würde mich nicht ver-

12. Johann Lorenz von Mosheim (1694–1755); berühmter Kanzelredner,
seit 1747 Theologieprofessor an der Universität Göttingen.
13. »Wie das Pferd ein Kamel fürchtet, das erfuhren Kyrus und Kroe-
sus« [in Schlachten].

stellen[14]; eine breitere Brust würde meine Stärke vermehren; und da du mich doch einmal bestimmt hast,
deinen Liebling, den Menschen zu tragen, so könnte mir
ja wohl der Sattel anerschaffen sein, den mir der wohltätige Reiter auflegt.

Gut, versetzte Zeus; gedulde dich einen Augenblick!
Zeus, mit ernstem Gesichte, sprach das Wort der Schöpfung. Da quoll Leben in den Staub, da verband sich
organisierter Stoff; und plötzlich stand vor dem Throne – das häßliche *Kamel*.

Das Pferd sah, schauderte und zitterte vor entsetzen-
dem Abscheu.

Hier sind höhere und schmächtigere Beine, sprach
Zeus; hier ist ein langer Schwanenhals; hier ist eine
breitere Brust; hier ist der anerschaffene Sattel! Willst
du, Pferd, daß ich dich so umbilden soll?

Das Pferd zitterte noch.

Geh, fuhr Zeus fort; diesesmal sei belehrt, ohne be-
straft zu werden. Dich deiner Vermessenheit aber dann
und wann reuend zu erinnern, so daure du fort, neues
Geschöpf – Zeus warf einen erhaltenden Blick auf das
Kamel – – und das Pferd erblicke dich nie, ohne zu
schaudern.

6. *Der Affe und der Fuchs*

Nenne mir ein so geschicktes Tier, dem ich nicht nachahmen könnte! so prahlte der Affe gegen den Fuchs.
Der Fuchs aber erwiderte: Und du, nenne mir ein so
geringschätziges Tier, dem es einfallen könnte, dir
nachzuahmen.

Schriftsteller meiner Nation! – – Muß ich mich noch
deutlicher erklären?

14. entstellen.

7. Die Nachtigall und der Pfau

Eine gesellige Nachtigall fand, unter den Sängern des Waldes, Neider die Menge, aber keinen Freund. Vielleicht finde ich ihn unter einer andern Gattung, dachte sie und floh vertraulich zu dem Pfaue herab.

Schöner Pfau! ich bewundere dich. – – »Ich dich auch, liebliche Nachtigall!« – So laß uns Freunde sein, sprach die Nachtigall weiter; wir werden uns nicht beneiden dürfen; du bist dem Auge so angenehm als ich dem Ohre.

Die Nachtigall und der Pfau wurden Freunde.

Kneller[15] und *Pope*[16] waren bessere Freunde als *Pope* und *Addison*[17].

8. Der Wolf und der Schäfer

Ein Schäfer hatte durch eine grausame Seuche seine ganze Herde verloren. Das erfuhr der Wolf und kam, seine Kondolenz abzustatten.

Schäfer, sprach er, ist es wahr, daß dich ein so grausames Unglück betroffen? Du bist um deine ganze Herde gekommen? Die liebe, fromme, fette Herde! Du dauerst mich, und ich möchte blutige Tränen weinen.

Habe Dank, Meister Isegrim, versetzte der Schäfer. Ich sehe, du hast ein sehr mitleidiges Herz.

Das hat er auch wirklich, fügte des Schäfers Hylax[18] hinzu, sooft er unter dem Unglücke seines Nächsten selbst leidet.

---

15. Godfrey Kneller (eigentlich: Gottfried Kniller), dt. Porträtmaler (1646–1723), seit 1676 in London tätig.
16. Alexander Pope (1688–1744), engl. Dichter. Sein *Essay on Man* wird in der von Lessing und Mendelssohn gemeinsam verfaßten Schrift *Pope ein Metaphysiker!* (1755) kritisiert.
17. Joseph Addison (1672–1719), engl. Dichter; wegen Homer-Übersetzungen in literarische Streitigkeiten mit Pope verwickelt.
18. Hund (gr. ›der Beller‹).

9. Das Roß und der Stier

Auf einem feurigen Rosse floh stolz ein dreuster Knabe
daher. Da rief ein wilder Stier dem Rosse zu: Schande!
von einem Knaben ließ ich mich nicht regieren!

Aber ich, versetzte das Roß. Denn was für Ehre
könnte es mir bringen, einen Knaben abzuwerfen?

10. Die Grille und die Nachtigall

Ich versichere dich, sagte die Grille zu der Nachtigall,
daß es meinem Gesange gar nicht an Bewundrern fehlt.
– Nenne mir sie doch, sprach die Nachtigall. – Die arbeitsamen Schnitter, versetzte die Grille, hören mich
mit vielem Vergnügen, und daß dieses die nützlichsten
Leute in der menschlichen Republik sind, das wirst du
doch nicht leugnen wollen.

Das will ich nicht leugnen, sagte die Nachtigall, aber
deswegen darfst du auf ihren Beifall nicht stolz sein.
Ehrlichen Leuten, die alle ihre Gedanken bei der Arbeit haben, müssen ja wohl die feinern Empfindungen
fehlen. Bilde dir also ja nichts eher auf dein Lied ein,
als bis ihm der sorglose Schäfer, der selbst auf seiner
Flöte sehr lieblich spielt, mit stillem Entzücken lauscht.

11. Die Nachtigall und der Habicht

Ein Habicht schoß auf eine singende Nachtigall. Da du
so lieblich singst, sprach er, wie vortrefflich wirst du
schmecken!

War es höhnische Bosheit, oder war es Einfalt, was
der Habicht sagte? Ich weiß nicht. Aber gestern hört
ich sagen: dieses Frauenzimmer, das so unvergleichlich
dichtet, muß es nicht ein allerliebstes Frauenzimmer
sein! Und das war gewiß Einfalt!

12. Der kriegerische Wolf

Mein Vater, glorreichen Andenkens, sagte ein junger Wolf zu einem Fuchse, das war ein rechter Held! Wie fürchterlich hat er sich nicht in der ganzen Gegend gemacht! Er hat über mehr als zweihundert Feinde, nach und nach, triumphiert, und ihre schwarze Seelen in das Reich des Verderbens gesandt. Was Wunder also, daß er endlich doch einem unterliegen mußte!

So würde sich ein Leichenredner ausdrücken, sagte der Fuchs, der trockne Geschichtschreiber aber würde hinzusetzen: die zweihundert Feinde, über die er, nach und nach, triumphieret, waren Schafe und Esel; und der eine Feind, dem er unterlag, war der erste Stier, den er sich anzufallen erkühnte.

13. Der Phönix

Nach vielen Jahrhunderten gefiel es dem Phönix[19], sich wieder einmal sehen zu lassen. Er erschien, und alle Tiere und Vögel versammelten sich um ihn. Sie gafften, sie staunten, sie bewunderten und brachen in entzückendes Lob aus.

Bald aber verwandten[20] die besten und geselligsten mitleidsvoll ihre Blicke und seufzten: Der unglückliche Phönix! Ihm ward das harte Los, weder Geliebte noch Freund zu haben; denn er ist der einzige seiner Art!

---

19. Ein den alten Ägyptern heiliger Vogel, der sich in langen Zeitabständen nach seiner Selbstverbrennung in immer erneut verjüngter Gestalt gezeigt haben soll.
20. wendeten ab.

14. Die Gans

Die Federn einer Gans beschämten den neugebornen
Schnee[21]. Stolz auf dieses blendende Geschenk der Natur, glaubte sie eher zu einem Schwane als zu dem, was
sie war, geboren zu sein. Sie sonderte sich von ihresgleichen ab und schwamm einsam und majestätisch auf
dem Teiche herum. Bald dehnte sie ihren Hals, dessen
verräterischer Kürze sie mit aller Macht abhelfen wollte.
Bald suchte sie ihm die prächtige Biegung zu geben, in
welcher der Schwan das würdigste Ansehen eines Vo-
gels des Apollo hat. Doch vergebens; er war zu steif,
und mit aller ihrer Bemühung brachte sie es nicht weiter, als daß sie eine lächerliche Gans ward, ohne ein
Schwan zu werden.

15. Die Eiche und das Schwein

Ein gefräßiges Schwein mästete sich, unter einer hohen
Eiche, mit der herabgefallenen Frucht. Indem es die
eine Eichel zerbiß, verschluckte es bereits eine andere
mit dem Auge.

Undankbares Vieh! rief endlich der Eichbaum herab.
Du nährest dich von meinen Früchten, ohne einen einzigen dankbaren Blick auf mich in die Höhe zu richten.

Das Schwein hielt einen Augenblick inne und grunzte
zur Antwort: Meine dankbaren Blicke sollten nicht
außenbleiben, wenn ich nur wüßte, daß du deine Ei-
cheln meinetwegen hättest fallen lassen.

---

21. Hier folgt in der Fassung von *1753*: in welchem noch kein schmut-
ziger Wanderer den Abdruck seines Fußes gelassen hat.

16. Die Wespen

Ἱππος ερριμμενος σφηκων γενεσις εστιν.[22] Aelianus de nat. animal. lib. I. cap. 28.

Fäulnis und Verwesung zerstörten das stolze Gebäu eines kriegerischen Rosses, das unter seinem kühnen Reiter erschossen worden. Die Ruinen des einen braucht die allzeit wirksame Natur zu dem Leben des andern. Und so floh auch ein Schwarm junger Wespen aus dem beschmeißten Aase hervor. Oh, riefen die Wespen, was für eines göttlichen Ursprungs sind wir! Das prächtigste Roß, der Liebling Neptuns, ist unser Erzeuger!

Diese seltsame Prahlerei hörte der aufmerksame Fabeldichter und dachte an die heutigen Italiener, die sich nichts Geringers, als Abkömmlinge der alten unsterblichen Römer zu sein, einbilden, weil sie auf ihren Gräbern geboren worden.

17. Die Sperlinge

Eine alte Kirche, welche den Sperlingen unzählige Nester gab, ward ausgebessert. Als sie nun in ihrem neuen Glanze dastand, kamen die Sperlinge wieder, ihre alten Wohnungen zu suchen. Allein sie fanden sie alle vermauert. Zu was, schrien sie, taugt denn nun das große Gebäude? Kommt, verlaßt den unbrauchbaren Steinhaufen!

22. »Ein gefallenes Roß ist Ursprung der Wespen.«

18. Der Strauß

Η στρουθος η μεγαλη λασιοις μεν τοις πτεροις επτερωται, αρθηναι δε
και εις βαθυν αερα μετεωρισθηναι φυσιν ουκ εχει· θει δε ωκιστα, και
τας παρα την πλευραν εκατεραν πτερυγας απλοι, και εμπιπτον το
πνευμα κολποι δικην ιστιων αυτας· πτησιν δε ουκ οιδεν.²³ Aelianus
lib. II. c. 26 [27].

Itzt will ich fliegen, rief der gigantische Strauß, und
das ganze Volk der Vögel stand in ernster Erwartung
um ihn versammelt. Itzt will ich fliegen, rief er nochmals, breitete die gewaltigen Fittiche weit aus und
schoß, gleich einem Schiffe mit aufgespannten Segeln,
auf dem Boden dahin, ohne ihn mit einem Tritte zu
verlieren.

Sehet da ein poetisches Bild jener unpoetischen
Köpfe, die in den ersten Zeilen ihrer ungeheuren Oden
mit stolzen Schwingen prahlen, sich über Wolken und
Sterne zu erheben drohen und dem Staube doch immer
getreu bleiben!

19. Der Sperling und der Strauß

Sei auf deine Größe, auf deine Stärke so stolz, als du
willst: sprach der Sperling zu dem Strauße. Ich bin
doch mehr ein Vogel als du. Denn du kannst nicht
fliegen; ich aber fliege, obgleich nicht hoch, obgleich
nur ruckweise.

Der leichte Dichter eines fröhlichen Trinkliedes, eines
kleinen verliebten Gesanges ist mehr ein Genie als der
schwunglose Schreiber einer langen Hermanniade²⁴.

23. »Der große Strauß ist mit buschigen Flügeln versehen; die Natur
verstattet ihm jedoch nicht, sich zu erheben und sich hoch in die Luft
emporzuschwingen. Aber er läuft sehr schnell und entfaltet die Flügel zu
beiden Seiten; und wenn der Wind hineinfährt, bläht er sie wie Segel –
dennoch kann er nicht fliegen.«
24. Dichtungen, die sich altdeutsch geben und sich vornehmlich mit der
Gestalt Hermanns (Arminius) befassen. Die seinerzeit bekanntesten Her-
mann-Dichtungen stammen von J. E. Schlegel, Möser, Wieland und von

20. Die Hunde

Λεοντι ομοσε χωρει κυων Ινδικος – και πολλα αυτον λυπησας και κατατρωσας, τελευτων ητταται ο κυων.[25] Aelianus lib. IV. cap. 19.

Wie ausgeartet ist hierzulande unser Geschlecht! sagte ein gereister Budel. In dem fernen Weltteile, welches die Menschen Indien nennen, da, da gibt es noch rechte Hunde; Hunde, meine Brüder – – ihr werdet es mir nicht glauben, und doch habe ich es mit meinen Augen gesehen – die auch einen Löwen nicht fürchten und kühn mit ihm anbinden.

Aber, fragte den Budel ein gesetzter Jagdhund, überwinden sie ihn denn auch, den Löwen?

Überwinden? war die Antwort. Das kann ich nun eben nicht sagen. Gleichwohl, bedenke nur, einen Löwen anzufallen! – –

Oh, fuhr der Jagdhund fort, wenn sie ihn nicht überwinden, so sind deine gepriesene Hunde in Indien – besser als wir, soviel wie nichts – aber ein gut Teil dümmer.

21. Der Fuchs und der Storch[26]

Erzähle mir doch etwas von den fremden Ländern, die du alle gesehen hast, sagte der Fuchs zu dem weitgereisten Storche.

Schönaich; letzterem gilt auch das Sinngedicht II 4: *Auf das Heldengedicht Hermann.* Daß der drei anderen Dichter ebenso bei der Fabel gedacht werden kann, erweist Lessings Rezension in der *Berlinischen privilegirten Zeitung* vom 21. Juni 1755: »Wir müssen erinnern, daß in den zwei letzten Sinnschriften, anstatt des Namens Schönaich ... bloß ein leerer Platz gelassen worden, ihn nach Belieben mit einem von den zweisilbigen Namen unserer Heldendichter zu füllen.«

25. »Ein indischer Hund fällt den Löwen an, belästigt und verwundet ihn wohl auch, unterliegt ihm aber schließlich doch.«

26. Die Fabel ist Lessings eigene Erfindung; der Hinweis auf Phaedrus I 25 [26], wie ihn Stemplinger und Rilla in ihren Editionen geben ist ungerechtfertigt, weil er sich nur auf die (zufällig) gleiche Überschrift beziehen kann.

Hierauf fing der Storch an, ihm jede Lache und jede
feuchte Wiese zu nennen, wo er die schmackhaftesten
Würmer und die fettesten Frösche geschmauset.

Sie sind lange in Paris gewesen, mein Herr. Wo
speiset man da am besten? Was für Weine haben Sie da
am meisten nach Ihrem Geschmacke gefunden?

22. Die Eule und der Schatzgräber

Jener Schatzgräber war ein sehr unbilliger Mann. Er
wagte sich in die Ruinen eines alten Raubschlosses und
ward da gewahr, daß die Eule eine magere Maus ergriff und verzehrte. Schickt sich das, sprach er, für den
philosophischen Liebling Minervens?

Warum nicht? versetzte die Eule. Weil ich stille Betrachtungen liebe, kann ich deswegen von der Luft
leben? Ich weiß zwar wohl, daß ihr Menschen es von
euren Gelehrten verlanget – –

23. Die junge Schwalbe

Was macht ihr da? fragte eine Schwalbe die geschäf-
tigen Ameisen. Wir sammeln Vorrat auf den Winter,
war die geschwinde Antwort.

Das ist klug, sagte die Schwalbe, das will ich auch
tun. Und sogleich fing sie an, eine Menge toter Spin-
nen und Fliegen in ihr Nest zu tragen.

Aber wozu soll das? fragte endlich ihre Mutter.
»Wozu? Vorrat auf den bösen Winter, liebe Mutter;
sammle doch auch! Die Ameisen haben mich diese Vorsicht gelehrt.«

O laß den irdischen Ameisen diese kleine Klugheit,
versetzte die Alte, was sich für sie schickt, schickt sich
nicht für bessere Schwalben. Uns hat die gütige Na-

tur ein holderes Schicksal bestimmt. Wenn der reiche
Sommer sich endet, ziehen wir von hinnen; auf dieser
Reise entschlafen wir allgemach, und da empfangen uns
warme Sümpfe[27], wo wir ohne Bedürfnisse rasten, bis
uns ein neuer Frühling zu einem neuen Leben erwecket.

24. Merops

Ο Μεροψ το ορνεον εμπαλιν, φασι, τοις αλλοις απασι πετεται· τα
μεν γαρ εις τουμπροσθεν ιεται και κατ' οφθαλμους, το δε εις
τουπισω.[28]

Ich muß dich doch etwas fragen, sprach ein junger Adler zu einem tiefsinnigen, grundgelehrten Uhu. Man
sagt, es gäbe einen Vogel, mit Namen *Merops,* der,
wenn er in die Luft steige, mit dem Schwanze voraus,
den Kopf gegen die Erde gekehrt, fliege. Ist das wahr?

Ei nicht doch! antwortete der Uhu, das ist eine alberne Erdichtung des Menschen. Er mag selbst ein solcher *Merops* sein, weil er nur gar zu gern den Himmel
erfliegen möchte, ohne die Erde, auch nur einen Augenblick, aus dem Gesichte zu verlieren.

25. Der Pelekan

Aelianus de nat. animal. libr. III. cap. 30.

Für wohlgeratene Kinder können Eltern nicht zuviel
tun. Aber wenn sich ein blöder[29] Vater für einen aus-
gearteten Sohn das Blut vom Herzen zapft, dann wird
Liebe zur Torheit.

27. Es war ein früher verbreiteter Glaube, die Schwalben überwinterten
in warmen Sümpfen.

28. »Man sagt, der Vogel Merops fliege umgekehrt wie alle anderen:
nämlich mit dem Schwanz nach vorn, mit dem Kopf aber nach hinten«
[Aelian de nat. an. I 49]. Merops (apiaster: ›Bienenfresser‹) bedeutet
zugleich ›der Sterbliche‹.

29. törichter.

Ein frommer[30] Pelekan, da er seine Jungen schmachten sahe, ritzte sich mit scharfem Schnabel die Brust auf und erquickte sie mit seinem Blute. Ich bewundere deine Zärtlichkeit, rief ihm ein Adler zu, und bejammere deine Blindheit. Sieh doch, wie manchen nichtswürdigen Guckuck du unter deinen Jungen mit ausgebrütet hast!

So war es auch wirklich; denn auch ihm hatte der kalte Guckuck seine Eier untergeschoben. – Waren es undankbare Guckucke wert, daß ihr Leben so teuer erkauft wurde?

26. Der Löwe und der Tiger

Aelianus de natura animal. libr. II. cap. 12.

Der Löwe und der Hase, beide schlafen mit offenen Augen. Und so schlief jener, ermüdet von der gewaltigen Jagd, einst vor dem Eingange seiner fürchterlichen Höhle.

Da sprang ein Tiger vorbei und lachte des leichten Schlummers. Der nichtsfürchtende Löwe! rief er. Schläft er nicht mit offenen Augen, natürlich wie der Hase!

Wie der Hase? brüllte der aufspringende Löwe und war dem Spötter an der Gurgel. Der Tiger wälzte sich in seinem Blute, und der beruhigte Sieger legte sich wieder, zu schlafen.

27. Der Stier und der Hirsch

Ein schwerfälliger Stier und ein flüchtiger Hirsch weideten auf einer Wiese zusammen.

Hirsch, sagte der Stier, wenn uns der Löwe anfallen sollte, so laß uns für einen Mann stehen; wir wollen

30. guter, rechtschaffner.

ihn tapfer abweisen. – Das mute mir nicht zu, erwiderte der Hirsch, denn warum sollte ich mich mit dem Löwen in ein ungleiches Gefecht einlassen, da ich ihm sichrer entlaufen kann?

28. Der Esel und der Wolf

Ein Esel begegnete einem hungrigen Wolfe. Habe Mitleiden mit mir, sagte der zitternde Esel, ich bin ein armes krankes Tier; sieh nur, was für einen Dorn ich mir in den Fuß getreten habe! –

Wahrhaftig, du dauerst mich, versetzte der Wolf. Und ich finde mich in meinem Gewissen verbunden, dich von diesen Schmerzen zu befreien. –

Kaum war das Wort gesagt, so ward der Esel zerrissen.

29. Der Springer im Schache

Zwei Knaben wollten Schach ziehen. Weil ihnen ein Springer fehlte, so machten sie einen überflüssigen Bauer, durch ein Merkzeichen[31], dazu.

Ei, riefen[32] die andern Springer, woher, Herr Schritt vor Schritt?

Die Knaben hörten die Spötterei und sprachen: Schweigt! Tut er uns nicht ebendie Dienste, die ihr tut?[33]

---

31. *1753*: durch eine Marke.
32. *1753*: schrien.
33. *1753* folgte noch: Was wollen Sie mit diesem albernen Märchen sagen, schrie der Herr von Fahnenstolz? Nichts, Ewr. Gnaden. Vielleicht aber würde d e r Herr in meinen Reden etwas gefunden haben, über welchen Sie sich kurz vorher aufhielten. Es war der Herr**, welchen der Monarch, weil er ihn brauchen kann, aus dem Staube zu den wichtigsten Bedienungen erhoben hat.

30. Aesopus und der Esel

Der Esel sprach zu dem Aesopus: Wenn du wieder ein Geschichtchen von mir ausbringst, so laß mich etwas recht Vernünftiges und Sinnreiches sagen.

Dich etwas Sinnreiches! sagte Aesop, wie würde sich das schicken? Würde man nicht sprechen, du seist der Sittenlehrer und ich der Esel?

ZWEITES BUCH

1. Die eherne Bildsäule

Die eherne Bildsäule eines vortrefflichen Künstlers
schmolz durch die Hitze einer wütenden Feuersbrunst
in einen Klumpen. Dieser Klumpen kam einem andern
Künstler in die Hände, und durch seine Geschicklichkeit verfertigte er eine neue Bildsäule daraus; von der
erstern in dem, was sie vorstellete, unterschieden, an
Geschmack und Schönheit aber ihr gleich.

Der Neid sah es und knirschte. Endlich besann er
sich auf einen armseligen Trost: »Der gute Mann
würde dieses, noch ganz erträgliche Stück, auch nicht
hervorgebracht haben, wenn ihm nicht die Materie der
alten Bildsäule dabei zustatten gekommen wäre.«

2. Herkules

Fab. Aesop. 191. edit. Hauptmannianae [Halm 160]. Phaedrus lib. IV.
Fab. 11 [Mueller 12].

Als *Herkules* in den Himmel aufgenommen ward,
machte er seinen Gruß unter allen Göttern der *Juno*
zuerst. Der ganze Himmel und *Juno* erstaunte darüber.
Deiner Feindin, rief man ihm zu, begegnest du so vorzüglich? Ja, ihr selbst, erwiderte *Herkules*. Nur ihre
Verfolgungen sind es, die mir zu den Taten Gelegenheit gegeben, womit ich den Himmel verdienet habe.

Der Olymp billigte die Antwort des neuen Gottes,
und Juno ward versöhnt.

3. Der Knabe und die Schlange

Fab. Aesop. 170 [97]. Phaedrus lib. IV. Fab. 18 [19].

Ein Knabe spielte mit einer zahmen Schlange. Mein
liebes Tierchen, sagte der Knabe, ich würde mich mit
dir so gemein nicht machen, wenn dir das Gift nicht
benommen wäre. Ihr Schlangen seid die boshaftesten,
undankbarsten Geschöpfe! Ich habe es wohl gelesen,
wie es einem armen Landmann ging, der eine, vielleicht
von deinen Ureltern, die er halb erfroren unter einer
Hecke fand, mitleidig aufhob und sie in seinen erwär-
menden Busen steckte. Kaum fühlte sich die Böse wieder, als sie ihren Wohltäter biß; und der gute freund-
liche Mann mußte sterben.

Ich erstaune, sagte die Schlange. Wie parteiisch eure
Geschichtschreiber sein müssen! Die unsrigen erzählen
diese Historie ganz anders. Dein freundlicher Mann
glaubte, die Schlange sei wirklich erfroren, und weil es
eine von den bunten Schlangen war, so steckte er sie zu
sich, ihr zu Hause die schöne Haut abzustreifen. War
das recht?

Ach, schweig nur, erwiderte der Knabe. Welcher
Undankbare hätte sich nicht zu entschuldigen gewußt.

Recht, mein Sohn, fiel der Vater, der dieser Unter-
redung zugehört hatte, dem Knaben ins Wort. Aber
gleichwohl, wenn du einmal von einem außerordent-
lichen Undanke hören solltest, so untersuche ja alle
Umstände genau, bevor du einen Menschen mit so
einem abscheulichen Schandflecke brandmarken lässest.
Wahre Wohltäter haben selten Undankbare verpflich-
tet; ja, ich will zur Ehre der Menschheit hoffen – niemals. Aber die Wohltäter mit kleinen eigennützigen
Absichten, die sind es wert, mein Sohn, daß sie Undank
anstatt Erkenntlichkeit einwuchern[34].

---

34. ernten, sich einhandeln.

4. Der Wolf auf dem Todbette

Fab. Aesop. 144 [276]. Phaedrus lib. I. Fab. 8.

Der Wolf lag in den letzten Zügen und schickte einen prüfenden Blick auf sein vergangenes Leben zurück. Ich bin freilich ein Sünder, sagte er, aber doch, hoffe ich, keiner von den größten. Ich habe Böses getan, aber auch viel Gutes. Einsmals, erinnere ich mich, kam mir ein blökendes Lamm, welches sich von der Herde verirret hatte, so nahe, daß ich es gar leicht hätte würgen können; und ich tat ihm nichts. Zu ebendieser Zeit hörte ich die Spöttereien und Schmähungen eines Schafes mit der bewundernswürdigsten Gleichgültigkeit an, ob ich schon keine schützende Hunde zu fürchten hatte.

Und das alles kann ich dir bezeugen, fiel ihm Freund Fuchs, der ihn zum Tode bereiten half, ins Wort. Denn ich erinnere mich noch gar wohl aller Umstände dabei. Es war zu ebender Zeit, als du dich an dem Beine so jämmerlich würgtest, das dir der gutherzige Kranich hernach aus dem Schlunde zog.

5. Der Stier und das Kalb

Phaedrus lib. V. Fab. 9.

Ein starker Stier zersplitterte mit seinen Hörnern, indem er sich durch die niedrige Stalltüre drängte, die obere Pfoste. Sieh einmal, Hirte! schrie ein junges Kalb; solchen Schaden tu ich dir nicht. Wie lieb wäre mir es, versetzte dieser, wenn du ihn tun könntest!

Die Sprache des Kalbes ist die Sprache der kleinen Philosophen. »Der böse *Bayle*[35]! wie manche rechtschaffene Seele hat er mit seinen verwegnen Zweifeln

35. Pierre Bayle (1647–1706), frz. Philosoph und Kritiker; Lessing schätzte vor allem den *Dictionnaire historique et critique,* gegen den Leibniz seine Theodizee (1710) richtete.

geärgert!« – O ihr Herren, wie gern wollen wir uns
ärgern lassen, wenn jeder von euch ein *Bayle* werden
kann!

6. Die Pfauen und die Krähe

Fab. Aesop. 188 [200, b]. Phaedrus lib. I. Fab. 3.

Eine stolze Krähe schmückte sich mit den ausgefallenen
Federn der farbigten Pfaue und mischte sich kühn, als
sie gnug geschmückt zu sein glaubte, unter diese glän-
zende Vögel der Juno[36]. Sie ward erkannt; und schnell
fielen die Pfaue mit scharfen Schnäbeln auf sie, ihr den
betriegrischen Putz auszureißen.

Lasset nach! schrie sie endlich, ihr habt nun alle das
Eurige wieder. Doch die Pfaue, welche einige von den
eignen glänzenden Schwingfedern der Krähe bemerkt
hatten, versetzten: Schweig, armselige Närrin, auch
diese können nicht dein sein! – und hackten weiter.

7. Der Löwe mit dem Esel

Phaedrus lib. I. Fab. 11.

Als des Aesopus[37] Löwe mit dem Esel, der ihm durch
seine fürchterliche Stimme die Tiere sollte jagen helfen,
nach dem Walde ging, rief ihm eine nasenweise Krähe
von dem Baume zu: Ein schöner Gesellschafter! Schämst
du dich nicht, mit einem Esel zu gehen? – Wen ich
brauchen kann, versetzte[38] der Löwe, dem kann ich ja
wohl meine Seite gönnen.

36. Der Pfau war der heilige Vogel der Göttin Juno.
37. »›Der Löwe des Aesopus‹, das ist der altbekannte, wohlvertraute,
der keiner näheren oder weiteren Beschreibung bedarf, nicht irgendein
Löwe, sondern eben dieser klassische Löwe« (Dolf Sternberger).
38. *1753:* sagte.

So denken die Großen alle[39], wenn sie einen Niedrigen ihrer Gemeinschaft[40] würdigen.

8. Der Esel mit dem Löwen

Phaedrus lib. I. Fab. 11.

Als der Esel mit dem Löwen des Aesopus, der ihn statt seines Jägerhorns brauchte, nach dem Walde ging[41], begegnete ihm ein andrer Esel von seiner Bekanntschaft und rief ihm zu: Guten Tag, mein Bruder![42] – Unverschämter! war die Antwort. –

Und warum das? fuhr jener Esel fort. Bist du deswegen, weil du mit einem Löwen gehst, besser als ich? mehr als ein Esel?[43]

9. Die blinde Henne

Phaedrus lib. III. Fab. 12.

Eine blind gewordene Henne, die des Scharrens gewohnt war, hörte auch blind noch nicht auf, fleißig zu scharren. Was half es der arbeitsamen Närrin? Eine andre sehende Henne, welche ihre zarten Füße schonte, wich nie von ihrer Seite und genoß, ohne zu scharren, die Frucht des Scharrens. Denn sooft die blinde Henne ein Korn aufgescharret hatte, fraß es die sehende weg.

Der fleißige Deutsche macht die Collectanea[44], die der witzige[45] Franzose nutzt.

39. Fehlt *1753*.
40. *1753*: Freundschaft.
41. *1753*: zu ging.
42. *1753*: von seiner Bekanntschaft: guten Tag, Herr Bruder! rufte dieser.
43. Statt der beiden Schlußzeilen *1753*:
     Nur nicht so stolz, rief ihm der Bruder wieder zu!
     Du bist nichts mehr als ich; ich bin nichts mehr als du!
     Geh mit dem Löwen, geh allein,
     Du Esel wirst ein Esel sein.
44. wissenschaftliche Stoffsammlungen, Vorarbeiten.
45. kluge, schlaue.

10. Die Esel

Fabul. Aesop. 112 [319].

Die Esel beklagten sich bei dem Zeus, daß die Menschen mit ihnen zu grausam umgingen. Unser starker Rücken, sagten sie, trägt ihre Lasten, unter welchen sie und jedes schwächere Tier erliegen müßten. Und doch wollen sie uns, durch unbarmherzige[46] Schläge, zu einer Geschwindigkeit nötigen, die uns durch die Last unmöglich gemacht würde, wenn sie uns auch die Natur nicht versagt hätte. Verbiete ihnen, Zeus, so unbillig zu sein, wenn sich die Menschen anders etwas Böses verbieten lassen. Wir wollen ihnen dienen, weil es scheinet, daß du uns darzu erschaffen hast; allein[47] geschlagen wollen wir ohne Ursach nicht sein.

Mein Geschöpf, antwortete Zeus ihrem Sprecher, die Bitte ist nicht ungerecht; aber ich sehe keine Möglichkeit, die Menschen zu überzeugen, daß eure natürliche Langsamkeit keine Faulheit sei. Und solange sie dieses glauben[48], werdet ihr geschlagen werden. – Doch ich sinne, euer Schicksal zu erleichtern. – Die Unempfindlichkeit soll von nun an euer Teil sein; eure Haut soll sich gegen die Schläge verhärten und den Arm des Treibers ermüden.

Zeus, schrien die Esel, du bist allezeit weise und gnädig! – Sie gingen erfreut von seinem Throne als dem Throne der allgemeinen Liebe[49].

---

46. *1753*: wiederholte unbarmherzige.
47. *1753*: dazu gemacht hast, aber.
48. *1753*: dieses nicht glauben.
49. *1753* folgte noch: Gott, mein Gebet soll künftig weiser sein. Ist mein Unglück unvermeidlich; wohl, es geschehe. Nur mache mich stark genug, das, was andre tödlich niederschlägt, nicht zu achten; und wenn es sein kann, nicht zu fühlen. Doch tue, was du willst! Du bist immer gnädig und weise.

11. Das beschützte Lamm

Fabul. Aesop. 157 [38].

Hylax, aus dem Geschlechte der Wolfshunde, bewachte
ein frommes Lamm. Ihn erblickte Lykodes[50], der gleichfalls an Haar, Schnauze und Ohren einem Wolfe ähn-
licher war als einem Hunde, und fuhr auf ihn los. Wolf,
schrie er, was machst du mit diesem Lamme? –

Wolf selbst! versetzte Hylax. (Die Hunde verkann-
ten sich beide.) Geh! oder du sollst es erfahren, daß ich
sein Beschützer bin!

Doch Lykodes will das Lamm dem Hylax mit Gewalt nehmen; Hylax will es mit Gewalt behaupten,
und das arme Lamm – treffliche Beschützer! – wird
darüber zerrissen.

12. Jupiter und Apollo

Fab. Aesop. 187 [151].

Jupiter und Apollo stritten, welcher von ihnen der
beste Bogenschütze sei. Laß uns die Probe machen! sagte
Apollo. Er spannte seinen Bogen und schoß so mitten
in das bemerkte[51] Ziel, daß Jupiter keine Möglichkeit
sahe, ihn zu übertreffen. – Ich sehe, sprach er, daß du
wirklich sehr wohl schießest. Ich werde Mühe haben, es
besser zu machen. Doch will ich es ein andermal versuchen. – Er soll es noch versuchen, der kluge Jupiter!

50. griech. ›der Wölfische‹.
51. gekennzeichnete.

13. Die Wasserschlange

Fab. Aesop. 167 [76]. Phaedrus lib. I. Fab. 2.

Zeus hatte nunmehr den Fröschen einen andern König
gegeben; anstatt eines friedlichen Klotzes, eine gefrä-
ßige Wasserschlange.

Willst du unser König sein, schrien die Frösche,
warum verschlingst du uns? – Darum, antwortete die
Schlange, weil ihr um mich gebeten habt. –

Ich habe nicht um dich gebeten! rief einer von den
Fröschen, den sie schon mit den Augen verschlang. –
Nicht? sagte die Wasserschlange. Desto schlimmer! So
muß ich dich verschlingen, weil du nicht um mich gebeten hast.

14. Der Fuchs und die Larve

Fab. Aesop. 11 [47]. Phaedrus lib. I. Fab. 7.

Vor alten Zeiten fand ein Fuchs die hohle, einen weiten
Mund aufreißende Larve eines Schauspielers. Welch ein
Kopf! sagte der betrachtende Fuchs. Ohne Gehirn, und
mit einem offenen Munde! Sollte das nicht der Kopf
eines Schwätzers gewesen sein?

Dieser Fuchs kannte euch, ihr ewigen Redner, ihr
Strafgerichte des unschuldigsten unserer Sinne!

15. Der Rabe und der Fuchs

Fab. Aesop. 205 [204]. Phaedrus lib. I. Fab. 13.

Ein Rabe trug ein Stück vergiftetes Fleisch, das der erzürnte Gärtner für die Katzen seines Nachbars hin-
geworfen hatte, in seinen Klauen fort.

Und eben wollte er es auf einer alten Eiche ver-
zehren, als sich ein Fuchs herbeischlich und ihm zurief:

Sei mir gesegnet, Vogel des Jupiters! – Für wen siehst du mich an? fragte der Rabe. – Für wen ich dich ansehe? erwiderte der Fuchs. Bist du nicht der rüstige Adler, der täglich von der Rechte des Zeus auf diese Eiche herabkömmt, mich Armen zu speisen? Warum verstellst du dich? Sehe ich denn nicht in der siegreichen Klaue die erflehte Gabe, die mir dein Gott durch dich zu schicken noch fortfährt?

Der Rabe erstaunte und freuete sich innig, für einen Adler gehalten zu werden. Ich muß, dachte er, den Fuchs aus diesem Irrtume nicht bringen. – Großmütig dumm ließ er ihm also seinen Raub herabfallen und flog stolz davon.

Der Fuchs fing das Fleisch lachend auf und fraß es mit boshafter Freude. Doch bald verkehrte sich die Freude in ein schmerzhaftes Gefühl; das Gift fing an zu wirken, und er verreckte.

Möchtet ihr euch nie etwas anders als Gift erloben, verdammte Schmeichler!

16. Der Geizige

Fab. Aesop. 59 [412].

Ich Unglücklicher! klagte ein Geizhals seinem Nachbar. Man hat mir den Schatz, den ich in meinem Garten vergraben hatte, diese Nacht entwendet und einen verdammten Stein an dessen Stelle gelegt.

Du würdest, antwortete ihm der Nachbar, deinen Schatz doch nicht genutzt haben. Bilde dir also ein, der Stein sei dein Schatz, und du bist nichts ärmer.

Wäre ich auch schon nichts ärmer, erwiderte der Geizhals, ist ein andrer nicht um so viel reicher? Ein andrer um so viel reicher! Ich möchte rasend werden.

17. Der Rabe

Fab. Aesop. 132 [208].

Der Fuchs sahe, daß der Rabe die Altäre der Götter beraubte und von ihren Opfern mitlebte. Da dachte er bei sich selbst: Ich möchte wohl wissen, ob der Rabe Anteil an den Opfern hat, weil er ein prophetischer Vogel ist, oder ob man ihn für einen prophetischen Vogel hält, weil er frech genug ist, die Opfer mit den Göttern zu teilen.

18. Zeus und das Schaf

Fab. Aesop. 119 [347].

Das Schaf mußte von allen Tieren vieles leiden. Da trat es vor den Zeus und bat, sein Elend zu mindern.

Zeus schien willig und sprach zu dem Schafe: Ich sehe wohl, mein frommes Geschöpf, ich habe dich allzu wehrlos erschaffen. Nun wähle, wie ich diesem Fehler am besten abhelfen soll. Soll ich deinen Mund mit schrecklichen Zähnen und deine Füße mit Krallen rüsten? –

O nein, sagte das Schaf, ich will nichts mit den reißenden Tieren gemein haben.

Oder, fuhr Zeus fort, soll ich Gift in deinen Speichel legen?

Ach! versetzte das Schaf, die giftigen Schlangen werden ja so sehr gehasset. –

Nun was soll ich denn? Ich will Hörner auf deine Stirne pflanzen, und Stärke deinem Nacken geben.

Auch nicht, gütiger Vater, ich könnte leicht so stößig werden als der Bock.

Und gleichwohl, sprach Zeus, mußt du selbst schaden können, wenn sich andere, dir zu schaden, hüten sollen.

Müßt ich das! seufzte das Schaf. O so laß mich, güti-
der Vater, wie ich bin. Denn das Vermögen, schaden
zu können, erweckt, fürchte ich, die Lust, schaden zu
wollen; und es ist besser Unrecht leiden als Unrecht tun.

Zeus segnete das fromme Schaf, und es vergaß von
Stund an zu klagen.

19. Der Fuchs und der Tiger

Fab. Aesop. 159 [42].

Deine Geschwindigkeit und Stärke, sagte ein Fuchs zu
dem Tiger, möchte ich mir wohl wünschen.

Und sonst hätte ich nichts, was dir anstünde? fragte
der Tiger.

Ich wüßte nichts! – – Auch mein schönes Fell nicht?
fuhr der Tiger fort. Es ist so vielfärbig als dein Gemüt,
und das Äußere würde sich vortrefflich zu dem Innern
schicken.

Eben darum, versetzte der Fuchs, danke ich recht
sehr dafür. Ich muß das nicht scheinen, was ich bin.
Aber wollten die Götter, daß ich meine Haare mit
Federn vertauschen könnte!

20. Der Mann und der Hund

Fab. Aesop. 25 [221]. Phaedrus lib. II. Fab. 3.

Ein Mann ward von einem Hunde gebissen, geriet darüber in Zorn und erschlug den Hund. Die Wunde schien
gefährlich, und der Arzt mußte zu Rate gezogen werden.

Hier weiß ich kein besseres Mittel, sagte der Empiri-
cus[52], als daß man ein Stücke Brot in die Wunde tauche
und es dem Hunde zu fressen gebe. Hilft diese sympa-

---

52. griech. ›der Erfahrene‹; ein Arzt, der die sog. empirische Therapie,
die allein auf Erfahrung, nicht auf Theorie beruht, bevorzugt.

thetische[53] Kur nicht, so – Hier zuckte der Arzt die Achsel.

Unglücklicher Jähzorn! rief der Mann, sie kann nicht helfen, denn ich habe den Hund erschlagen.

21. Die Traube

Fab. Aesop. 156 [33]. Phaedrus lib. IV. Fab. 2 [3].

Ich kenne einen Dichter[54], dem die schreiende Bewunderung seiner kleinen Nachahmer weit mehr geschadet hat als die neidische Verachtung seiner Kunstrichter.

Sie ist ja doch sauer! sagte der Fuchs von der Traube, nach der er lange genug vergebens gesprungen war. Das hörte ein Sperling und sprach: Sauer sollte diese Traube sein? Darnach sieht sie mir doch nicht aus! Er flog hin und kostete und fand sie ungemein süße und rief hundert näschige Brüder herbei. Kostet doch! schrie er, kostet doch! Diese treffliche Traube schalt der Fuchs sauer. – Sie kosteten alle, und in wenig Augenblicken ward die Traube so zugerichtet, daß nie ein Fuchs wieder darnach sprang.

22. Der Fuchs

Fab. Aesop. 8 [32].

Ein verfolgter Fuchs rettete sich auf eine Mauer. Um auf der andern Seite gut herabzukommen, ergriff er einen nahen Dornenstrauch. Er ließ sich auch glücklich daran nieder, nur daß ihn die Dornen schmerzlich verwundeten. Elende Helfer, rief der Fuchs, die nicht helfen können, ohne zugleich zu schaden!

53. Die Heilung wird nicht durch eine Arznei gesucht, sondern durch die Kraft bestimmter Dinge, die mit der Krankheit in geheimnisvoller Beziehung stehen sollen.
54. Anspielung auf Klopstock.

23. Das Schaf

Fab. Aesop. 189 [153].

Als Jupiter das Fest seiner Vermählung feierte und alle Tiere ihm Geschenke brachten, vermißte Juno das Schaf.

Wo bleibt das Schaf? fragte die Göttin. Warum versäumt das fromme Schaf, uns sein wohlmeinendes Geschenk zu bringen?

Und der Hund nahm das Wort und sprach: Zürne nicht, Göttin! Ich habe das Schaf noch heute gesehen; es war sehr betrübt und jammerte laut.

Und warum jammerte das Schaf? fragte die schon gerührte Göttin.

Ich ärmste! so sprach es. Ich habe itzt weder Wolle noch Milch; was werde ich dem Jupiter schenken? Soll ich, ich allein, leer vor ihm erscheinen? Lieber will ich hingehen und den Hirten bitten, daß er mich ihm opfere!

Indem drang, mit des Hirten Gebete, der Rauch des geopferten Schafes, dem Jupiter ein süßer Geruch, durch die Wolken. Und jetzt hätte Juno die erste Träne geweinet, wenn Tränen ein unsterbliches Auge benetzten.

24. Die Ziegen

Phaedrus lib. IV. Fab. 15 [16].

Die Ziegen baten den Zeus, auch ihnen Hörner zu geben; denn anfangs hatten die Ziegen keine Hörner.

Überlegt es wohl, was ihr bittet, sagte Zeus. Es ist mit dem Geschenke der Hörner ein anderes unzertrennlich verbunden, das euch so angenehm nicht sein möchte.

Doch die Ziegen beharrten auf ihrer Bitte, und Zeus sprach: So habet denn Hörner!

Und die Ziegen bekamen Hörner – und Bart! Denn

anfangs hatten die Ziegen auch keinen Bart. O wie schmerzte sie der häßliche Bart! Weit mehr, als sie die stolzen Hörner erfreuten!

25. Der wilde Apfelbaum

Fab. Aesop. 173 [102].

In den hohlen Stamm eines wilden Apfelbaumes ließ sich ein Schwarm Bienen nieder. Sie füllten ihn mit den Schätzen ihres Honigs, und der Baum ward so stolz darauf, daß er alle andere Bäume gegen sich verachtete.

Da rief ihm ein Rosenstock zu: Elender Stolz auf geliehene Süßigkeiten! Ist deine Frucht darum weniger herbe? In diese treibe den Honig herauf, wenn du es vermagst, und dann erst wird der Mensch dich segnen!

26. Der Hirsch und der Fuchs

Fab. Aesop. 226 [258]. Phaedrus lib. I. Fab. 11. et lib. I. Fab. 5.

Der Hirsch sprach zu dem Fuchse: Nun wehe uns armen schwächern Tieren! Der Löwe hat sich mit dem Wolfe verbunden.

Mit dem Wolfe? sagte der Fuchs. Das mag noch hingehen! Der Löwe brüllet, der Wolf heulet, und so werdet ihr euch noch oft beizeiten mit der Flucht retten können. Aber alsdenn, alsdenn möchte es um uns alle geschehen sein, wenn es dem gewaltigen Löwen einfallen sollte, sich mit dem schleichenden Luchse zu verbinden.

27. Der Dornstrauch

Fab. Aesop. 42 [306].

Aber sage mir doch, fragte die Weide den Dornstrauch,
warum du nach den Kleidern des vorbeigehenden Menschen so begierig bist? Was willst du damit? Was können sie dir helfen?

Nichts! sagte der Dornstrauch. Ich will sie ihm auch
nicht nehmen; ich will sie ihm nur zerreißen.

28. Die Furien

Suidas in Αειπαϱθενος[55].

Meine Furien, sagte Pluto zu dem Boten der Götter,
werden alt und stumpf. Ich brauche frische. Geh also,
Merkur, und suche mir auf der Oberwelt drei tüchtige
Weibspersonen dazu aus. Merkur ging. –

Kurz hierauf sagte Juno zu ihrer Dienerin: Glaub-
test du wohl, Iris, unter den Sterblichen zwei oder drei
vollkommen strenge, züchtige Mädchen zu finden?
Aber vollkommen strenge! Verstehst du mich? Um
Kytheren[56] Hohn zu sprechen, die sich, das ganze weib-
liche Geschlecht unterworfen zu haben, rühmet. Geh
immer, und sieh, wo du sie auftreibest. Iris ging. –

In welchem Winkel der Erde suchte nicht die gute
Iris! Und dennoch umsonst! Sie kam ganz allein wie-
der, und Juno rief ihr entgegen: Ist es möglich? O
Keuschheit! O Tugend!

Göttin, sagte Iris, ich hätte dir wohl drei Mädchen

---

55. Lessing bezieht sich auf ein Stichwort des Suda-Lexikons aus dem
10. Jh., dessen Namen man früher als Verfassernamen auffaßte. Unter
Αει παϱθενους führt das Lexikon aus: »Sophokles sagt [nämlich *Aias*
835 ff.]: Ich rufe die Helfenden, die Immer-Jungfräulichen [αει τε
παϱθενους], die hehren, schnellfüßigen Erinnyen [Rachegöttinnen].«
56. Bezeichnung der griech. Liebesgöttin nach ihrer Kultstätte auf der
Insel Kythera.

bringen können, die alle drei vollkommen streng und
züchtig gewesen, die alle drei nie einer Mannsperson
gelächelt, die alle drei den geringsten Funken der Liebe
in ihren Herzen erstickt: aber ich kam, leider, zu spät. –

Zu spät? sagte Juno. Wieso?

»Eben hatte sie Merkur für den Pluto abgeholt.«

Für den Pluto? Und wozu will Pluto diese Tugendhaften? –

»Zu Furien.«

29. Tiresias

Antoninus Liberalis c. 17[57].

Tiresias[58] nahm seinen Stab und ging über Feld. Sein
Weg trug ihn durch einen heiligen Hain, und mitten in
dem Haine, wo drei Wege einander durchkreuzten,
ward er ein Paar Schlangen gewahr, die sich begatteten.
Da hub Tiresias seinen Stab auf und schlug unter die
verliebten Schlangen. – Aber, o Wunder! Indem der
Stab auf die Schlangen herabsank, ward Tiresias zum
Weibe.

Nach neun Monden ging das Weib Tiresias wieder
durch den heiligen Hain; und an ebendem Orte, wo
die drei Wege einander durchkreuzten, ward sie ein
Paar Schlangen gewahr, die miteinander kämpften. Da
hub Tiresias abermals ihren Stab auf und schlug unter
die ergrimmten Schlangen, und – O Wunder! Indem
der Stab die kämpfenden Schlangen schied, ward das
Weib Tiresias wieder zum Manne.

---

57. röm. Dichter (wohl im 2. Jh. n. Chr.): *Metamorphoseon synagoge*.
58. Der aus den Homerischen Epen und aus der Oedipus-Sage bekannte blinde Seher.

30. Minerva

Laß sie doch, Freund, laß sie, die kleinen hämischen
Neider deines wachsenden Ruhmes! Warum will dein
Witz ihre der Vergessenheit bestimmte Namen ver-
ewigen?

In dem unsinnigen Kriege, welchen die Riesen wider
die Götter führten, stellten die Riesen der Minerva
einen schrecklichen Drachen entgegen. Minerva aber
ergriff den Drachen und schleuderte ihn mit gewaltiger
Hand an das Firmament. Da glänzt er noch; und was
so oft großer Taten Belohnung war, ward des Drachen
beneidenswürdige Strafe.

DRITTES BUCH

1. Der Besitzer des Bogens

Ein Mann hatte einen trefflichen Bogen von Ebenholz, mit dem er sehr weit und sehr sicher schoß und den er ungemein werthielt. Einst aber, als er ihn aufmerksam betrachtete, sprach er: Ein wenig zu plump bist du doch! Alle deine Zierde ist die Glätte. Schade! – Doch dem ist abzuhelfen, fiel ihm ein. Ich will hingehen und den besten Künstler Bilder in den Bogen schnitzen lassen. – Er ging hin, und der Künstler schnitzte eine ganze Jagd auf den Bogen, und was hätte sich besser auf einen Bogen geschickt als eine Jagd?

Der Mann war voller Freuden. »Du verdienest diese Zieraten, mein lieber Bogen!« – Indem will er ihn versuchen, er spannt, und der Bogen – zerbricht.

2. Die Nachtigall und die Lerche

Was soll man zu den Dichtern sagen, die so gern ihren Flug weit über alle Fassung des größten Teiles ihrer Leser nehmen? Was sonst, als was die Nachtigall einst zu der Lerche sagte: Schwingst du dich, Freundin, nur darum so hoch, um nicht gehört zu werden?

3. Der Geist des Salomo

Ein ehrlicher Greis trug des Tages Last und Hitze, sein Feld mit eigner Hand zu pflügen und mit eigner Hand den reinen Samen in den lockern Schoß der willigen Erde zu streuen.

Auf einmal stand, unter dem breiten Schatten einer

Linde, eine göttliche Erscheinung vor ihm da! Der Greis stutzte.

Ich bin Salomo, sagte mit vertraulicher Stimme das Phantom. Was machst du hier, Alter?

Wenn du Salomo bist, versetzte der Alte, wie kannst du fragen? Du schicktest mich in meiner Jugend zu der Ameise[59]; ich sahe ihren Wandel und lernte von ihr fleißig sein und sammeln. Was ich da lernte, das tue ich noch. –

Du hast deine Lektion nur halb gelernet, versetzte der Geist. Geh noch einmal hin zur Ameise, und lerne nun auch von ihr in dem Winter deiner Jahre ruhen und des Gesammelten genießen.

4. Das Geschenk der Feien

Zu der Wiege eines jungen Prinzen, der in der Folge einer der größten Regenten seines Landes ward, traten zwei wohltätige Feien[60].

Ich schenke diesem meinem Lieblinge, sagte die eine, den scharfsichtigen Blick des Adlers, dem in seinem weiten Reiche auch die kleinste Mücke nicht entgeht.

Das Geschenk ist schön, unterbrach sie die zweite Feie. Der Prinz wird ein einsichtsvoller Monarch werden. Aber der Adler besitzt nicht allein Scharfsichtigkeit, die kleinsten Mücken zu bemerken, er besitzt auch eine edle Verachtung, ihnen nicht nachzujagen. Und diese nehme der Prinz von mir zum Geschenk!

Ich danke dir, Schwester, für diese weise Einschränkung, versetzte die erste Feie. Es ist wahr, viele würden weit größere Könige gewesen sein, wenn sie sich weniger mit ihrem durchdringenden Verstande bis zu den kleinsten Angelegenheiten hätten erniedrigen wollen.

59. Vgl. *Sprüche* Salomons VI 6–8.
60. Feen (vgl. gefeit: ›von Feen fest, unverwundbar gemacht‹).

5. Das Schaf und die Schwalbe

Η χελιδων – επι τα νωτα των προβατων ιζανει, και αποσπα του
μαλλου, και εντευθεν τοις εαυτης βρεφεσι το λεχος μαλακον
εστρωσεν.[61] Aelianus lib. III. c. 24.

Eine Schwalbe flog auf ein Schaf, ihm ein wenig Wolle,
für ihr Nest, auszurupfen. Das Schaf sprang unwillig
hin und wider. Wie bist du denn nur gegen mich so karg?
sagte die Schwalbe. Dem Hirten erlaubst du, daß er dich
deiner Wolle über und über entblößen darf, und mir
verweigerst du eine kleine Flocke. Woher kömmt das?

Das kömmt daher, antwortete das Schaf, weil du mir
meine Wolle nicht mit ebenso guter Art zu nehmen
weißt als der Hirte.

6. Der Rabe

Der Rabe bemerkte, daß der Adler ganze dreißig Tage
über seinen Eiern brütete. Und daher kömmt es, ohne
Zweifel, sprach er, daß die Jungen des Adlers so all-
sehend und stark werden. Gut! das will ich auch tun.

Und seitdem brütet der Rabe wirklich ganze dreißig
Tage über seinen Eiern; aber noch hat er nichts als
elende Raben ausgebrütet.

Der Rangstreit der Tiere

in vier Fabeln

7.

Es entstand ein hitziger Rangstreit unter den Tieren.
Ihn zu schlichten, sprach das Pferd, lasset uns den
Menschen zu Rate ziehen; er ist keiner von den strei-
tenden Teilen und kann desto unparteiischer sein.

---

61. »Die Schwalbe setzt sich auf den Rücken der Schafe, zupft Wolle
und bereitet damit ihren Jungen das weiche Nest.«

Aber hat er auch den Verstand dazu? ließ sich ein Maulwurf hören. Er braucht wirklich den allerfeinsten, unsere oft tief versteckte Vollkommenheiten zu erkennen.

Das war sehr weislich erinnert! sprach der Hamster.

Jawohl! rief auch der Igel. Ich glaube es nimmermehr, daß der Mensch Scharfsichtigkeit genug besitzet.

Schweigt ihr! befahl das Pferd. Wir wissen es schon: Wer sich auf die Güte seiner Sache am wenigsten zu verlassen hat, ist immer am fertigsten, die Einsicht seines Richters in Zweifel zu ziehen.

8.

Der Mensch ward Richter. – Noch ein Wort, rief ihm der majestätische Löwe zu, bevor du den Ausspruch tust! Nach welcher Regel, Mensch, willst du unsern Wert bestimmen?

Nach welcher Regel? Nach dem Grade, ohne Zweifel, antwortete der Mensch, in welchem ihr mir mehr oder weniger nützlich seid. –

Vortrefflich! versetzte der beleidigte Löwe. Wie weit würde ich alsdenn unter dem Esel zu stehen kommen! Du kannst unser Richter nicht sein, Mensch! Verlaß die Versammlung!

9.

Der Mensch entfernte sich. – Nun, sprach der höhnische Maulwurf – (und ihm stimmte der Hamster und der Igel wieder bei) –, siehst du, Pferd? der Löwe meint es auch, daß der Mensch unser Richter nicht sein kann. Der Löwe denkt wie wir.

Aber aus bessern Gründen als ihr! sagte der Löwe und warf ihnen einen verächtlichen Blick zu.

10.

Der Löwe fuhr weiter fort: Der Rangstreit, wenn ich es
recht überlege, ist ein nichtswürdiger Streit! Haltet
mich für den Vornehmsten oder für den Geringsten; es
gilt mir gleich viel. Genug ich kenne mich! – Und so
ging er aus der Versammlung.

Ihm folgte der weise Elefant, der kühne Tiger, der
ernsthafte Bär, der kluge Fuchs, das edle Pferd; kurz,
alle, die ihren Wert fühlten oder zu fühlen glaubten.

Die sich am letzten wegbegaben und über die zer-
rissene Versammlung am meisten murreten, waren –
der Affe und der Esel.

11. *Der Bär und der Elefant*

Aelianus de nat. animal. lib. II. cap. 11.

Die unverständigen Menschen! sagte der Bär zu dem
Elefanten. Was fordern sie nicht alles von uns bessern
Tieren! Ich muß nach der Musik tanzen, ich, der ernsthafte Bär! Und sie wissen es doch nur allzuwohl, daß
sich solche Possen zu meinem ehrwürdigen Wesen nicht
schicken; denn warum lachten sie sonst, wenn ich tanze?

Ich tanze auch nach der Musik, versetzte der gelehr-
rige Elefant, und glaube ebenso ernsthaft und ehrwür-
dig zu sein als du. Gleichwohl haben die Zuschauer nie
über mich gelacht, freudige Bewunderung bloß war auf
ihren Gesichtern zu lesen. Glaube mir also, Bär, die
Menschen lachen nicht darüber, daß du tanzest, sondern darüber, daß du dich so albern dazu anschickst.

12. Der Strauß

Das pfeilschnelle Renntier sahe den Strauß und sprach: Das Laufen des Straußes ist so außerordentlich eben nicht, aber ohne Zweifel fliegt er desto besser.

Ein andermal sahe der Adler den Strauß und sprach: Fliegen kann der Strauß nun wohl nicht, aber ich glaube, er muß gut laufen können.

Die Wohltaten

in zwei Fabeln

13.

Hast du wohl einen größern Wohltäter unter den Tieren als uns? fragte die Biene den Menschen.

Jawohl! erwiderte dieser.

»Und wen?«

Das Schaf! Denn seine Wolle ist mir notwendig, und dein Honig ist mir nur angenehm.

14.

Und willst du noch einen Grund wissen, warum ich das Schaf für meinen größern Wohltäter halte als dich Biene? Das Schaf schenket mir seine Wolle ohne die geringste Schwierigkeit, aber wenn du mir deinen Honig schenkest, muß ich mich noch immer vor deinem Stachel fürchten.

15. Die Eiche

Der rasende Nordwind hatte seine Stärke in einer stürmischen Nacht an einer erhabenen Eiche bewiesen. Nun lag sie gestreckt, und eine Menge niedriger Sträuche

lagen unter ihr zerschmettert. Ein Fuchs, der seine
Grube nicht weit davon hatte, sahe sie des Morgens
darauf. Was für ein Baum! rief er. Hätte ich doch nimmermehr gedacht, daß er so groß gewesen wäre.[62]

Die Geschichte des alten Wolfs

in sieben Fabeln

Aelianus libr. IV. cap. 15.

16.

Der böse Wolf war zu Jahren gekommen und faßte
den gleißenden[63] Entschluß, mit den Schäfern auf einem
gütlichen Fuß zu leben. Er machte sich also auf und
kam zu dem Schäfer, dessen Horden[64] seiner Höhle die
nächsten waren.

Schäfer, sprach er, du nennest mich den blutgierigen
Räuber, der ich doch wirklich nicht bin. Freilich muß
ich mich an deine Schafe halten, wenn mich hungert;
denn Hunger tut weh. Schütze mich nur vor dem Hunger, mache mich nur satt, und du sollst mit mir recht
wohl zufrieden sein. Denn ich bin wirklich das zähmste,
sanftmütigste Tier, wenn ich satt bin.

Wenn du satt bist? Das kann wohl sein, versetzte
der Schäfer. Aber wann bist du denn satt? Du und der
Geiz werden es nie. Geh deinen Weg!

---

62. *1753* folgte noch:
        Ihr, die ihr vom Geschick erhöht,
        Weit über uns erhaben steht,
        Wie groß ihr wirklich seid, zu wissen,
        Wird euch das Glück erst stürzen müssen.
63. gleisnerischen, heuchlerischen.
64. Herden.

17.

Der abgewiesene Wolf kam zu einem zweiten Schäfer.

Du weißt Schäfer, war seine Anrede, daß ich dir, das Jahr durch, manches Schaf würgen könnte. Willst du mir überhaupt jedes Jahr sechs Schafe geben, so bin ich zufrieden. Du kannst alsdenn sicher schlafen, und die Hunde ohne Bedenken abschaffen.

Sechs Schafe? sprach der Schäfer. Das ist ja eine ganze Herde! –

Nun, weil du es bist, so will ich mich mit fünfen begnügen, sagte der Wolf.

»Du scherzest, fünf Schafe! Mehr als fünf Schafe opfre ich kaum im ganzen Jahre dem Pan.«

Auch nicht viere? fragte der Wolf weiter, und der Schäfer schüttelte spöttisch den Kopf.

»Drei? – Zwei? – –«

Nicht ein einziges, fiel endlich der Bescheid. Denn es wäre ja wohl töricht, wenn ich mich einem Feinde zinsbar machte, vor welchem ich mich durch meine Wachsamkeit sichern kann.

18.

Aller guten Dinge sind drei, dachte der Wolf und kam zu einem dritten Schäfer.

Es geht mir recht nahe, sprach er, daß ich unter euch Schäfern als das grausamste, gewissenloseste Tier verschrien bin. Dir, Montan, will ich itzt beweisen, wie unrecht man mir tut. Gib mir jährlich ein Schaf, so soll deine Herde in jenem Walde, den niemand unsicher macht als ich, frei und unbeschädiget weiden dürfen. Ein Schaf! Welche Kleinigkeit! Könnte ich großmütiger, könnte ich uneigennütziger handeln? – Du lachst, Schäfer? Worüber lachst du denn?

Oh, über nichts! Aber wie alt bist du, guter Freund? sprach der Schäfer.

»Was geht dich mein Alter an? Immer noch alt genug, dir deine liebsten Lämmer zu würgen.«

Erzürne dich nicht, alter Isegrim! Es tut mir leid, daß du mit deinem Vorschlage einige Jahre zu späte kömmst. Deine ausgebissenen Zähne verraten dich. Du spielst den Uneigennützigen, bloß um dich desto gemächlicher, mit desto weniger Gefahr nähren zu können.

19.

Der Wolf ward ärgerlich, faßte sich aber doch und ging auch zu dem vierten Schäfer. Diesem war eben sein treuer Hund gestorben, und der Wolf machte sich den Umstand zunutze.

Schäfer, sprach er, ich habe mich mit meinen Brüdern in dem Walde vereuneiniget, und so, daß ich mich in Ewigkeit nicht wieder mit ihnen aussöhnen werde. Du weißt, wieviel du von ihnen zu fürchten hast! Wenn du mich aber anstatt deines verstorbenen Hundes in Dienste nehmen willst, so stehe ich dir dafür, daß sie keines deiner Schafe auch nur scheel[65] ansehen sollen.

Du willst sie also, versetzte der Schäfer, gegen deine Brüder im Walde beschützen? –

»Was meine ich denn sonst? Freilich.«

Das wäre nicht übel! Aber, wenn ich dich nun in meine Horden einnähme, sage mir doch, wer sollte alsdenn meine armen Schafe gegen dich beschützen? Einen Dieb ins Haus nehmen, um vor den Dieben außer dem Hause sicher zu sein, das halten wir Menschen – –

Ich höre schon, sagte der Wolf, du fängst an zu moralisieren[66]. Lebe wohl!

---

65. schief, bösartig.
66. Weisheiten vortragen (vgl. die Redewendung ›die Moral der Geschichte‹).

20.

Wäre ich nicht so alt! knirschte der Wolf. Aber ich muß mich, leider, in die Zeit schicken. Und so kam er zu dem fünften Schäfer.

Kennst du mich, Schäfer? fragte der Wolf.

Deinesgleichen wenigstens kenne ich, versetzte der Schäfer.

»Meinesgleichen? Daran zweifle ich sehr. Ich bin ein so sonderbarer[67] Wolf, daß ich deiner und aller Schäfer Freundschaft wohl wert bin.«

Und wie sonderbar bist du denn?

»Ich könnte kein lebendiges Schaf würgen und fressen, und wenn es mir das Leben kosten sollte. Ich nähre mich bloß mit toten Schafen. Ist das nicht löblich? Erlaube mir also immer, daß ich mich dann und wann bei deiner Herde einfinden und nachfragen darf, ob dir nicht –«

Spare der Worte! sagte der Schäfer. Du müßtest gar keine Schafe fressen, auch nicht einmal tote, wenn ich dein Feind nicht sein sollte. Ein Tier, das mir schon tote Schafe frißt, lernt leicht aus Hunger kranke Schafe für tot und gesunde für krank ansehen. Mache auf meine Freundschaft also keine Rechnung, und geh!

21.

Ich muß nun schon mein Liebstes daranwenden, um zu meinem Zwecke zu gelangen! dachte der Wolf und kam zu dem sechsten Schäfer.

Schäfer, wie gefällt dir mein Belz? fragte der Wolf.

Dein Belz? sagte der Schäfer. Laß sehen! Er ist schön, die Hunde müssen dich nicht oft unter gehabt haben.

»Nun so höre, Schäfer, ich bin alt und werde es so

---

67. besonderer, ungewöhnlicher.

lange nicht mehr treiben. Füttere mich zu Tode, und ich vermache dir meinen Belz.«

Ei sieh doch! sagte der Schäfer. Kömmst du auch hinter die Schliche der alten Geizhälse? Nein, nein, dein Belz würde mich am Ende siebenmal mehr kosten, als er wert wäre. Ist es dir aber ein Ernst, mir ein Geschenk zu machen, so gib mir ihn gleich itzt. – Hiermit griff der Schäfer nach der Keule, und der Wolf flohe.

22.

O die Unbarmherzigen! schrie der Wolf und geriet in die äußerste Wut. So will ich auch als ihr Feind sterben, ehe mich der Hunger tötet; denn sie wollen es nicht besser!

Er lief, brach in die Wohnungen der Schäfer ein, riß ihre Kinder nieder und ward nicht ohne große Mühe von den Schäfern erschlagen.

Da sprach der Weiseste von ihnen: Wir taten doch wohl unrecht, daß wir den alten Räuber auf das Äußerste brachten und ihm alle Mittel zur Besserung, so spät und erzwungen sie auch war, benahmen!

23. Die Maus

Eine philosophische Maus pries die gütige Natur, daß sie die Mäuse zu einem so vorzüglichen Gegenstande ihrer Erhaltung gemacht habe. Denn eine Hälfte von uns, sprach sie, erhielt von ihr Flügel, daß, wenn wir hier unten auch alle von den Katzen ausgerottet würden, sie doch mit leichter Mühe aus den Fledermäusen unser ausgerottetes Geschlecht wiederherstellen könnte.

Die gute Maus wußte nicht, daß es auch geflügelte Katzen gibt. Und so beruhet unser Stolz meistens auf unsrer Unwissenheit!

24. Die Schwalbe

Glaubet mir, Freunde, die große Welt ist nicht für den Weisen, ist nicht für den Dichter! Man kennet da ihren wahren Wert nicht, und ach! sie sind oft schwach genug, ihn mit einem nichtigen zu vertauschen.

In den ersten Zeiten war die Schwalbe ein ebenso tonreicher, melodischer Vogel als die Nachtigall. Sie ward es aber bald müde, in den einsamen Büschen zu wohnen und da von niemand als dem fleißigen Landmanne und der unschuldigen Schäferin gehöret und bewundert zu werden. Sie verließ ihre demütigere Freundin und zog in die Stadt. – Was geschah? Weil man in der Stadt nicht Zeit hatte, ihr göttliches Lied zu hören, so verlernte sie es nach und nach und lernte dafür – bauen.

25. Der Adler

Man fragte den Adler: Warum erziehest du deine Jungen so hoch in der Luft?

Der Adler antwortete: Würden sie sich, erwachsen, so nahe zur Sonne wagen, wenn ich sie tief an der Erde erzöge?

26. Der junge und der alte Hirsch

Ein Hirsch, den die gütige Natur Jahrhunderte leben lassen, sagte einst zu einem seiner Enkel: Ich kann mich der Zeit noch sehr wohl erinnern, da der Mensch das donnernde Feuerrohr noch nicht erfunden hatte.

Welche glückliche Zeit muß das für unser Geschlecht gewesen sein! seufzete der Enkel.

Du schließest zu geschwind! sagte der alte Hirsch. Die Zeit war anders, aber nicht besser. Der Mensch hatte da anstatt des Feuerrohres Pfeile und Bogen, und wir waren ebenso schlimm daran als itzt.

27. *Der Pfau und der Hahn*

Einst sprach der Pfau zu der Henne: Sieh einmal, wie
hochmütig und trotzig dein Hahn einhertritt! Und
doch sagen die Menschen nicht: der stolze Hahn, sondern nur immer: der stolze Pfau.

Das macht, sagte die Henne, weil der Mensch einen
gegründeten Stolz übersiehet. Der Hahn ist auf seine
Wachsamkeit, auf seine Mannheit stolz, aber worauf
du? – Auf Farben und Federn.

28. *Der Hirsch*

Die Natur hatte einen Hirsch von mehr als gewöhnlicher Größe gebildet, und an dem Halse hingen ihm
lange Haare herab. Da dachte der Hirsch bei sich selbst:
Du könntest dich ja wohl für ein Elend[68] ansehen lassen. Und was tat der Eitele, ein Elend zu scheinen? Er
hing den Kopf traurig zur Erde und stellte sich, sehr
oft das böse Wesen zu haben.

So glaubt nicht selten ein witziger Geck, daß man
ihn für keinen schönen Geist halten werde, wenn er
nicht über Kopfweh und Hypochonder[69] klage.

29. *Der Adler und der Fuchs*

Sei auf deinen Flug nicht so stolz! sagte der Fuchs zu
dem Adler. Du steigst doch nur deswegen so hoch in die
Luft, um dich desto weiter nach einem Aase umsehen
zu können.

So kenne ich Männer, die tiefsinnige Weltweise geworden sind, nicht aus Liebe zur Wahrheit, sondern
aus Begierde zu einem einträglichen Lehramte.

68. Elentier, Elch.
69. griech. ›der Schwermütige‹; hier im Sinn von Hypochondrie (Schwer-
mut) gebraucht.

30. *Der Schäfer und die Nachtigall*

Du zürnest, Liebling der Musen, über die laute Menge des parnassischen[70] Geschmeißes? – O höre von mir, was einst die Nachtigall hören mußte.

Singe doch, liebe Nachtigall! rief ein Schäfer der schweigenden Sängerin, an einem lieblichen Frühlingsabende, zu.

Ach, sagte die Nachtigall, die Frösche machen sich so laut, daß ich alle Lust zum Singen verliere. Hörest du sie nicht?

Ich höre sie freilich, versetzte der Schäfer. Aber nur dein Schweigen ist schuld, daß ich sie höre.

70. auf dem Parnaß (Musen-, Dichterberg) wohnend.

ANHANG

I. Fabeln in Prosa aus *Lessings Schriften* (1753), die
nicht in die *Drei Bücher Fabeln* aufgenommen wurden

1. Der Riese

Ein rebellischer Riese schoß seinen vergifteten Pfeil
über sich in den Himmel, niemand geringerm als einem
Gott das Leben damit zu rauben. Der Pfeil floh in die
unermessenste Ferne, in welcher ihm auch der schärfere
Blick des Riesens nicht folgen konnte. Schon glaubte
der Rasende sein Ziel getroffen zu haben und fing an,
ein gotteslästerliches Triumphlied zu jauchzen. Endlich aber gebrach dem Pfeile die mitgeteilte Kraft der
schnellenden Sehne; er fiel mit einer stets wachsenden
Wucht wieder herab und tötete seinen frevelnden
Schützen.

Unsinnige Spötter der Religion, eure Zungenpfeile
fallen weit unter ihrem ewigen Throne wieder zurück,
und eure eigne Lästerungen sind es, die sie an euch rächen werden.

2. Der Falke

Des einen Glück ist in der Welt des andern Unglück.
Eine alte Wahrheit, wird man sagen. Die aber, ant-
worte ich, wichtig genug ist, daß man sie mit einer
neuen Fabel erläutert.

Ein blutgieriger Falke schoß einem unschuldigen
Taubenpaare nach, die sein Anblick eben in den ver-
trautesten Kennzeichen der Liebe gestört hatte. Schon

war er ihnen so nah, daß alle Rettung unmöglich schien, schon gurrten sich die zärtlichen Freunde ihren Abschied zu. Doch schnell wirft der Falke einen Blick aus der Höhe und wird unter sich einen Hasen gewahr. Er vergaß die Tauben, stürzte sich herab und machte diesen zu seiner bessern Beute.

3. Damon und Theodor

Der schwarze Himmel drohte der Welt den fürchterlichsten Beschluß des schönsten Sommertages. Noch ruhten Damon und Theodor unter einer kühlenden Laube; zwei Freunde, die der Welt ein rares Beispiel würden gewesen sein, wenn sie die Welt zum Zeugen ihrer Freundschaft gebraucht hätten. Einer fand in des andern Umarmungen, was der Himmel nur die Tugendhaften finden läßt. Ihre Seelen vermischten sich durch die zärtlichsten Gespräche, in welchen sich Scherz und Ernst unzertrennlich verknüpften. Der Donner rollte stürmisch in der Luft und beugte die Knie heuchlerischer Knechte. Was aber hat die Tugend zu fürchten, wenn Gott den Lasterhaften drohet? Damon und Theodor blieben geruhig – – – Doch schnell stand in dem Damon ein fürchterlicher Gedanke auf: wie, wenn ein solcher Schlag mir meinen Freund von der Seite risse? – – So schnell als dieser Gedanke sein Herz mit Schrecken übergoß und die Heuterkeit aus seinen Blikken vertilgte, so schnell sah er ihn – – unerforschliches Schicksal! – – wahr gemacht. Theodor fiel tot zu seinen Füßen, und der Blitz kehrte triumphierend zurück. Rechte des Donnergottes, schrie Damon, wenn du auf mich gezielt hast, so hast du mich nur allzuwohl getroffen. Er zog sein Schwert aus und verschied auf seinem Freunde.

Zärtliche Seelen, werdet ihr dieser Geschichte eine heilige Träne zollen? Weinet, und empfindet in eurer lebhaften Vorstellung die Süßigkeit mit einem Freunde zu sterben.

II. Fabeln aus Lessings Nachlaß

1. Der Schäferstab

Schön war der Schäferstab des jungen Daphnis, von Zypressen war der schlanke Stab, der krönende Knopf Oleaster[71].

Und oh, was für Wunder hatte der aetolische[72] Künstler um den Knopf geschnitzt; Daphnis gab ihm dafür drei Lämmer mit ihren säugenden Müttern, aber er war eine Herde, mehr als eine ganze Herde wert.

So wert hielt ihn auch Daphnis, werter wie seine zwei Augen, werter als Polyphem sein einziges Auge.

Lange Zeit schien ihm keine Hirtin so schön als sein Stab. Aber Amor erzürnte über den eiteln Jüngling – und Daphnis sahe die lächelnde Corysia.

Nun schien ihm eine Hirtin schöner als sein Stab! Er staunte, wünschte, gestand, flehte, weinte – blieb unerhört.

Unerhört bis an den dritten Abend. Da trieb Corysia spät bei ihm vorbei; die Dämmerung machte den Hirten kühner, die Hirtin gefälliger; er verdankte der Dämmerung zwei Küsse, halb geraubte, halb gegebene Küsse! – Oh, der Entzückung! oh, der tobenden Freude des Hirten!

O Zwillinge der honigsüßen Lippen meiner Corysia! o unvergeßliche Küsse! So rief Daphnis und wollte

71. Ölweide.
72. aus Aetolien, einer Landschaft im alten Griechenland, stammend.

ihre Zahl mit zwei tiefen Kerben in die junge Linde
schneiden, die er vor allen am heiligen Quell liebte.

Aber – fragte sich der Hirte – warum in die Linde?
Kann ich immer unter der Linde liegen und die Kerbe
im Auge haben? Da steht sie fest und eingewurzelt,
bestimmt, nur einen kleinen Umfang zu beschließen. –
Sie kann nicht mit mir wohnen.

Aber mein Stab kann mit mir gehn – Mein schöner
Stab so schöner Zeichen nicht unwürdig!

Und er schnitt – grausamer Hirt! – zwei tiefe Kerbe
in den Stab, in der Form von Lippen, nahe unter dem
Knopfe, wo die Hand gewöhnlich lag, und küßte und
drückte den Ort, als ob es die weiche Hand der Corysia
wäre, und faßte von nun an den Stab nirgends als über
die Kerbe.

Nicht wenig günstig war dem Daphnis der folgende
Tag, und der Stab bekam drei Lippen mehr, und den
Morgen darauf sieben.

Wie freue ich mich, sprach er, dich bald vollendet zu
sehen, bald voller kleiner Lippen. Corysia habe ich mit
Untergang der Sonne in den Hain bestellt, die Nachtigall mit ihr zu hören – –

Das hast du getan Corysia? Zu gefällige Corysia!
o brich dein Wort, wenn dir dein Schäfer lieb ist –

Umsonst, sie fanden sich im Haine! Und oh, der un-
zähligen Zahl von Küssen! Jeden Ton der Nachtigall
begleitete ein Kuß. Mich jammert der Stab –

Gesättigt trennt sich mein Paar – – Morgen sind wir
doch wieder hier? sagte das Mädchen – und der Hirte
ging und warf sich auf sein Lager von Fellen – – Er
schläft, er erwacht. – Und was wird das erste sein, als
seinen Stab zu kerben? – – Doch er sahe die Unmöglichkeit, sie alle zu merken – und diese Unmöglichkeit,
alle Küsse zu behalten, verwundete sie – Daphnis
sprach kaltsinnig, schade, daß ich den schönen Stab so
verdorben, ich will ihn nicht weiter verderben –

2. Der Naturalist

Ein Mann, der das Namenregister der Natur vollkommen innehatte, jede Pflanze und jedes dieser Pflanze eigenes Insekt zu nennen und auf mehr als eine Art zu nennen wußte, der den ganzen Tag Steine auflas, Schmetterlingen nachlief und seine Beute mit einer recht gelehrten Unempfindlichkeit spießte, so ein Mann, ein Naturalist – – (sie hören es gern, wenn man sie Naturforscher nennt) durchjagte den Wald und verweilte sich endlich bei einem Ameisehaufen. Er fing an darin zu wühlen, durchsuchte ihren eingesammelten Vorrat, betrachtete ihre Eier, deren er einige unter seine Mikroskope legte, und richtete, mit einem Worte, in diesem Staate der Emsigkeit und Vorsicht, keine geringe Verwüstung an.

Unterdessen wagte es eine Ameise, ihn anzureden. Bist du nicht etwa gar, sprach sie, einer von den Faulen, die Salomo[73] zu uns schickt, daß sie unsre Weise sehen und von uns Fleiß und Arbeit lernen sollen?

Die alberne Ameise, einen Naturalisten für einen Faulen anzusehen.

3. Der Wolf und das Schaf

[Phaedrus lib. I. Fab. 1.]

Der Durst trieb ein Schaf an den Fluß, eine gleiche Ursache führte auf der andern Seite einen Wolf herzu. Durch die Trennung des Wassers gesichert und durch die Sicherheit höhnisch gemacht, rief das Schaf dem Räuber hinüber: »Ich mache dir doch das Wasser nicht trübe, Herr Wolf? Sieh mich recht an, habe ich dir nicht etwa vor sechs Wochen nachgeschimpft? Wenigstens wird es mein Vater gewesen sein.« Der Wolf verstand

73. Vgl. Fabel III 3.

die Spötterei; er betrachtete die Breite des Flusses und
knirschte mit den Zähnen. Es ist dein Glück, antwortete
er, daß wir Wölfe gewohnt sind, mit euch Schafen Geduld zu haben, und ging mit stolzen Schritten weiter.

4. [Der hungrige Fuchs][74]

[Fab. Aesop. 158 (31).]

»Ich bin zu einer unglücklichen Stunde geboren!«, so
klagte ein junger Fuchs einem alten. »Fast keiner von
meinen Anschlägen will mir gelingen.« – »Deine Anschläge«, sagte der ältere Fuchs, »werden ohne Zweifel
danach sein. Laß doch hören; wann machst du deine
Anschläge?« – »Wann ich sie mache? Wann anders, als
wenn mich hungert.« – – »Wenn dich hungert?« fuhr
der alte Fuchs fort. »Ja, da haben wir es! Hunger und
Überlegung sind nie beisammen. Mache sie künftig,
wenn du satt bist, und sie werden besser ausfallen.«

---

74. Die Überschrift ist einer Übersetzung der entsprechenden aesopischen Fabel entnommen, die vielleicht von Lessing stammt.

Abhandlungen über die Fabel

I. VON DEM WESEN DER FABEL

Jede Erdichtung, womit der Poet eine gewisse Absicht verbindet, heißt seine Fabel. So heißt die Erdichtung, welche er durch die Epopee[1], durch das Drama herrschen läßt, die Fabel seiner Epopee, die Fabel seines Drama.

Von diesen Fabeln ist hier die Rede nicht. Mein Gegenstand ist die sogenannte *aesopische* Fabel. Auch diese ist eine Erdichtung, eine Erdichtung, die auf einen gewissen Zweck abzielet.

Man erlaube mir, gleich anfangs einen Sprung in die Mitte meiner Materie zu tun, um eine Anmerkung daraus herzuholen, auf die sich eine gewisse Einteilung der aesopischen Fabel gründet, deren ich in der Folge zu oft gedenken werde und die mir so bekannt nicht scheinet, daß ich sie, auf gut Glück, bei meinen Lesern voraussetzen dürfte.

Aesopus machte die meisten seiner Fabeln bei wirklichen Vorfällen. Seine Nachfolger haben sich dergleichen Vorfälle meistens erdichtet oder auch wohl an ganz und gar keinen Vorfall, sondern bloß an diese oder jene allgemeine Wahrheit, bei Verfertigung der ihrigen, gedacht. Diese begnügten sich folglich, die allgemeine Wahrheit, durch die erdichtete Geschichte ihrer Fabel, erläutert zu haben; wenn[2] jener noch über dieses die Ähnlichkeit seiner erdichteten Geschichte mit dem gegenwärtigen wirklichen Vorfalle faßlich machen und zeigen mußte, daß aus beiden, sowohl aus der erdichteten Geschichte als dem wirklichen Vorfalle, sich ebendieselbe Wahrheit bereits ergebe oder gewiß ergeben werde.

Und hieraus entspringt die Einteilung in *einfache* und *zusammengesetzte* Fabeln.

1. episches Dichtwerk.
2. während.

Einfach ist die Fabel, wenn ich aus der erdichteten Begebenheit derselben bloß irgendeine allgemeine Wahrheit folgern lasse. – »Man machte der Löwin den Vorwurf, daß sie nur ein Junges zur Welt brächte. Ja, sprach sie, nur eines, aber einen Löwen.«[*1] – Die Wahrheit, welche in dieser Fabel liegt, οτι το καλον ουκ εν πληθει, αλλ' αρετη[3], leuchtet sogleich in die Augen; und die Fabel ist *einfach,* wenn ich es bei dem Ausdrucke dieses allgemeinen Satzes bewenden lasse.

Zusammengesetzt hingegen ist die Fabel, wenn die Wahrheit, die sie uns anschauend zu erkennen gibt, auf einen wirklich geschehenen oder doch als wirklich geschehen angenommenen Fall weiter angewendet wird. – »Ich mache, sprach ein höhnischer Reimer zu dem Dichter, in einem Jahre sieben Trauerspiele, aber du? In sieben Jahren eines! Recht, nur eines! versetzte der Dichter, aber eine *Athalie*[4]!« – Man mache dieses zur Anwendung der vorigen Fabel, und die Fabel wird *zusammengesetzt.* Denn sie besteht nunmehr gleichsam aus *zwei* Fabeln, aus *zwei* einzeln Fällen, in welchen beiden ich die Wahrheit ebendesselben Lehrsatzes bestätiget finde.

Diese Einteilung aber – kaum brauche ich es zu erinnern – beruhet nicht auf einer wesentlichen Verschiedenheit der Fabeln selbst, sondern bloß auf der verschiedenen Bearbeitung derselben. Und aus dem Exempel schon hat man es ersehen, daß ebendieselbe Fabel bald *einfach,* bald *zusammengesetzt* sein kann. Bei dem *Phaedrus*[5] ist die Fabel *von dem kreißenden Berge* eine *einfache* Fabel.

---

*1. Fabul. Aesop. 216. Edit. Hauptmannianae [Halm 240].

3. »daß das Gute nicht in der Menge, sondern in der Tüchtigkeit bestehe«.

4. Letztes Drama Jean Baptiste Racines (1639–99), 1691 erschienen.

5. Makedonischer Freigelassener des Augustus, der bedeutendste römische Fabeldichter: *Fabulae Aesopiae* in lat. Jamben im 1. Jh. n. Chr. – Lessing zitiert hier die Fabel IV 23. (Vgl. »Parturiunt montes, nascetur ridiculus mus«; Horaz, *De arte poetica liber,* V. 139.)

– – – Hoc scriptum est tibi,
Qui magna cum minaris, extricas nihil.[6]

Ein jeder, ohne Unterschied, der große und fürchterliche Anstalten einer Nichtswürdigkeit wegen macht, der sehr weit ausholt, um einen sehr kleinen Sprung zu tun, jeder Prahler, jeder vielversprechende Tor, von allen möglichen Arten, siehet hier sein Bild! Bei unserm *Hagedorn*[7] aber wird ebendieselbe Fabel zu einer *zusammengesetzten* Fabel, indem er einen gebärenden schlechten Poeten zu dem besondern Gegenbilde des kreißenden Berges macht.

Ihr Götter rettet! Menschen flieht!
Ein schwangrer Berg beginnt zu kreißen,
Und wird itzt, eh man sich's versieht,
Mit Sand und Schollen um sich schmeißen etc.
– – – – – – –
Suffenus schwitzt und lärmt und schäumt:
Nichts kann den hohen Eifer zähmen;
Er stampft, er knirscht; warum? er reimt,
Und will itzt den Homer beschämen etc.
– – – – – – –
Allein gebt acht, was kömmt heraus?
Hier ein Sonett, dort eine Maus.

Diese Einteilung also, von welcher die Lehrbücher der Dichtkunst ein tiefes Stillschweigen beobachten, ohngeachtet ihres mannigfaltigen Nutzens in der richtigern Bestimmung verschiedener Regeln: diese Einteilung, sage ich, vorausgesetzt, will ich mich auf den Weg machen. Es ist kein unbetretener Weg. Ich sehe eine Menge Fußtapfen vor mir, die ich zum Teil un-

6. »Das ist gesagt für dich, / Der Großes drohet, aber Nichts erfüllt.«
7. Friedrich von Hagedorn (1708–54), dt. Dichter; *Versuch in poetischen Fabeln und Erzehlungen* (1738) nach dem Muster La Fontaines.

tersuchen muß, wenn ich überall sichere Tritte zu tun
gedenke. Und in dieser Absicht will ich sogleich die vornehmsten[8] Erklärungen prüfen, welche meine Vorgänger von der Fabel gegeben haben.

De La Motte[9]

Dieser Mann, welcher nicht sowohl ein großes poetisches Genie als ein guter, aufgeklärter Kopf war, der
sich an mancherlei wagen und überall erträglich zu bleiben hoffen durfte, erklärt die *Fabel* durch *eine unter
die Allegorie einer Handlung versteckte Lehre*[*2].

Als sich der Sohn des stolzen *Tarquinius* bei den
Gabiern nunmehr festgesetzt hatte, schickte er heimlich
einen Boten an seinen Vater und ließ ihn fragen, was
er weiter tun solle? Der König, als der Bote zu ihm
kam, befand sich eben auf dem Felde, hub seinen Stab
auf, schlug den höchsten Mahnstängeln[10] die Häupter
ab und sprach zu dem Boten: Geh, und erzähle meinem
Sohne, was ich itzt getan habe! Der Sohn verstand den
stummen Befehl des Vaters und ließ die Vornehmsten
der *Gabier* hinrichten.[*3] – Hier ist eine allegorische
Handlung – hier ist eine unter die Allegorie dieser
Handlung versteckte Lehre: aber ist hier eine *Fabel*?
Kann man sagen, daß *Tarquinius* seine Meinung dem
Sohne durch eine *Fabel* habe wissen lassen? Gewiß
nicht!

[*2]. La Fable est une instruction deguisée sous l'allegorie d'une action.
Discours sur la fable [Paris 1720].
[*3]. Florus. lib. I. cap. 7 [Lucius Annaeus Florus, röm. Geschichts-
schreiber: *Epitome de Tito Livio bellorum omnium annorum DCC libri
duo* (um 120 n. Chr.)].

8. hervorragendsten, wichtigsten.
9. Antoine Houdar(t) de La Motte (1672–1731), frz. Dichter.
10. Mohnstengeln.

Jener Vater, der seinen uneinigen Söhnen die Vorteile der Eintracht an einem Bündel Ruten zeigte, das sich nicht anders als stückweise zerbrechen lasse, machte der eine Fabel?*⁴

Aber wenn ebenderselbe Vater seinen uneinigen Söhnen erzählt hätte, wie glücklich drei Stiere, solange sie einig waren, den Löwen von sich abhielten und wie bald sie des Löwen Raub wurden, als Zwietracht unter sie kam und jeder sich seine eigene Weide suchte*⁵: alsdenn hätte doch der Vater seinen Söhnen ihr Bestes in einer *Fabel* gezeigt? Die Sache ist klar.

Folglich ist es ebenso klar, daß die Fabel nicht bloß eine allegorische Handlung, sondern die *Erzählung* einer solchen Handlung sein kann. Und dieses ist das erste, was ich wider die Erklärung des *de La Motte* zu erinnern habe.

Aber was will er mit seiner *Allegorie?* – Ein so fremdes Wort, womit nur wenige einen bestimmten Begriff verbinden, sollte überhaupt aus einer guten Erklärung verbannt sein. – Und wie, wenn es hier gar nicht einmal an seiner Stelle stünde? Wenn es nicht wahr wäre, daß die Handlung der Fabel an sich selbst allegorisch sei? Und wenn sie es höchstens unter gewissen Umständen nur werden könnte?

*Quintilian*¹¹ lehrt: Αλληγορια, quam Inversionem interpretamur, aliud verbis, aliud sensu ostendit, ac etiam interim contrarium.*⁶ Die *Allegorie* sagt das nicht, was sie nach den Worten zu sagen scheinet, sondern etwas anders. Die neuern Lehrer der Rhetorik erinnern, daß dieses *etwas andere* auf etwas *anderes Ähnliches* einzuschränken sei, weil sonst auch jede *Iro-*

---

*4. Fabul. Aesop. 171 [103].
*5. Fab. Aesop. 297 [394].
*6. Quinctilianus lib. VIII. cap. 6.

11. Marcus Fabius Quintilianus (um 35–96 n. Chr.): *Institutio oratoria* (zwölf Bücher über die Beredsamkeit).

nie eine *Allegorie* sein würde*[7]. Die letztern Worte des
Quintilians, ac etiam interım contrarium[12], sind ihnen
hierin zwar offenbar zuwider, aber es mag sein.

Die *Allegorie* sagt also nicht, was sie den Worten
nach zu sagen scheinet, sondern etwas *Ähnliches*. Und
die Handlung der Fabel, wenn sie allegorisch sein soll,
muß das auch nicht sagen, was sie zu sagen scheinet,
sondern nur etwas *Ähnliches*?

Wir wollen sehen! – »*Der Schwächere wird gemeiniglich ein Raub des Mächtigern.*« Das ist ein allgemeiner Satz, bei welchem ich mir eine Reihe von Dingen
gedenke, deren eines immer stärker ist als das andere,
die sich also, nach der Folge ihrer verschiednen Stärke,
untereinander aufreiben können. Eine Reihe von *Dingen*! Wer wird lange und gern den öden Begriff eines
Dinges denken, ohne auf dieses oder jenes *besondere
Ding* zu fallen, dessen Eigenschaften ihm ein deutliches
Bild gewähren? Ich will also auch hier anstatt dieser
Reihe von *unbestimmten* Dingen eine Reihe *bestimmter, wirklicher* Dinge annehmen. Ich könnte mir in der
Geschichte eine Reihe von Staaten oder Königen suchen;
aber wie viele sind in der Geschichte so bewandert, daß
sie, sobald ich meine Staaten oder Könige nur nennte,
sich der Verhältnisse, in welchen sie gegeneinander an
Größe und Macht gestanden, erinnern könnten? Ich
würde meinen Satz nur wenigen faßlicher gemacht haben, und ich möchte ihn gern allen so faßlich als möglich machen. Ich falle auf die Tiere, und warum sollte

---

*[7]. Allegoria dicitur, quia αλλο μεν αγορευει, αλλο δε νοει. Et istud
αλλο restringi debet ad aliud simile, alias etiam omnis Ironia Allegoria
esset. [»Sie wird Allegorie genannt, weil sie ein anderes besagt, ein anderes aber bedeutet. Und jenes ›anderes‹ muß auf ›ein anderes Ähnliches‹
beschränkt werden, weil sonst auch jede Ironie eine Allegorie wäre.–
Lessing hat dieses Zitat aus zwei Stellen kontaminiert.] *Vossius Inst. Orat.
lib. IV* [Gerhard Johann Vossius, niederl. Gelehrter (1577–1649): *Com-
mentariorum rhetoricum sive oratoriorum institutionum libri VI*, Leiden
1606; vgl. den 71. Literaturbrief].

12. »und bisweilen sogar das Gegenteil«.

ich nicht eine Reihe von Tieren wählen dürfen, besonders wenn es allgemein bekannte Tiere wären? Ein
Auerhahn – ein Marder – ein Fuchs – ein Wolf – Wir
kennen diese Tiere, wir dürfen sie nur nennen hören,
um sogleich zu wissen, welches das stärkere oder das
schwächere ist. Nunmehr heißt mein Satz: der Marder
frißt den Auerhahn, der Fuchs den Marder, den Fuchs
der Wolf. *Er frißt?* Er frißt vielleicht auch nicht. Das
ist mir noch nicht gewiß genug. Ich sage also: *er fraß*.
Und siehe, mein Satz ist zur Fabel geworden!

> Ein Marder fraß den Auerhahn,
> Den Marder würgt ein Fuchs, den Fuchs des
> Wolfes Zahn.*8

Was kann ich nun sagen, daß in dieser Fabel für eine
Allegorie liege? Der Auerhahn, der Schwächste; der
Marder, der Schwache; der Fuchs, der Starke; der Wolf,
der Stärkste. Was hat der Auerhahn mit dem Schwäch-
sten, der Marder mit dem Schwachen usw. hier *Ähnliches? Ähnliches! Gleichet* hier bloß der Fuchs dem
Starken und der Wolf dem Stärksten, oder *ist* jener hier
der Starke so wie dieser der Stärkste? Er *ist* es. – Kurz,
es heißt die Worte auf eine kindische Art mißbrauchen,
wenn man sagt, daß das *Besondere* mit seinem *Allgemeinen*, das *Einzelne* mit seiner *Art, die Art* mit ihrem
Geschlechte eine *Ähnlichkeit* habe. Ist *dieser* Windhund einem Windhunde *überhaupt*, und ein *Windhund*
überhaupt einem *Hunde ähnlich*? Eine lächerliche Frage!
– Findet sich nun aber unter den *bestimmten* Subjekten
der Fabel, und den *allgemeinen* Subjekten ihres Satzes
keine *Ähnlichkeit*, so kann auch keine *Allegorie* unter
ihnen statthaben. Und das nämliche läßt sich auf die
nämliche Art von den beiderseitigen Prädikaten erweisen.

Vielleicht aber meinet jemand, daß die Allegorie hier

*8. von Hagedorn: Fabeln und Erzehlungen, erstes Buch. S. 77.

nicht auf der Ähnlichkeit zwischen den *bestimmten* Subjekten oder Prädikaten der Fabel und den *allgemeinen*
Subjekten oder Prädikaten des Satzes, sondern auf der
Ähnlichkeit der Arten, wie ich ebendieselbe Wahrheit
itzt durch die Bilder der Fabel und itzt vermittelst der
Worte des Satzes erkenne, beruhe. Doch das ist soviel
als nichts. Denn käme hier die Art der Erkenntnis in
Betrachtung und wollte man bloß wegen der anschauenden Erkenntnis, die ich vermittelst der Handlung der
Fabel von dieser oder jener Wahrheit erhalte, die Handlung allegorisch nennen: so würde in allen Fabeln ebendieselbe Allegorie sein, welches doch niemand sagen
will, der mit diesem Worte nur einigen Begriff verbindet.

Ich befürchte, daß ich von einer so klaren Sache viel
zuviel Worte mache. Ich fasse daher alles zusammen
und sage: die Fabel als eine *einfache* Fabel kann unmöglich allegorisch sein.

Man erinnere sich aber meiner obigen Anmerkung[13],
nach welcher eine jede *einfache* Fabel auch eine *zusammengesetzte* werden *kann*. Wie, wenn sie alsdenn allegorisch *würde*? Und so ist es. Denn in der zusammengesetzten Fabel wird ein Besonderes gegen das andre
gehalten; zwischen zwei oder mehr Besondern, die unter ebendemselben Allgemeinen begriffen sind, ist die
Ähnlichkeit unwidersprechlich, und die Allegorie kann
folglich stattfinden. Nur muß man nicht sagen, daß die
Allegorie zwischen der Fabel und dem moralischen
Satze sich befinde. Sie befindet sich zwischen der Fabel
und dem wirklichen Falle, der zu der Fabel Gelegenheit gegeben hat, insofern sich aus beiden ebendieselbe
Wahrheit ergibt. – Die bekannte Fabel vom *Pferde*, das
sich von dem *Manne* den Zaum anlegen ließ und ihn
auf seinen Rücken nahm, damit er ihm nur in seiner
Rache, die es an dem Hirsche nehmen wollte, behülflich

13. S. S. 68.

wäre: diese Fabel sage ich, ist sofern nicht allegorisch, als ich mit dem *Phaedrus**9 bloß die allgemeine Wahrheit daraus ziehe:

>Impune potius laedi, quam dedi alteri.[14]

Bei der Gelegenheit nur, bei welcher sie ihr Erfinder *Stesichorus*[15] erzählte, *ward* sie es. Er erzählte sie nämlich, als die *Himerenser* den *Phalaris* zum obersten Befehlshaber ihrer Kriegsvölker gemacht hatten und ihm noch dazu eine Leibwache geben wollten. »O ihr *Himerenser*, rief er, die ihr so fest entschlossen seid, euch an euren Feinden zu rächen; nehmet euch wohl in acht, oder es wird euch wie diesem Pferde ergehen! Den Zaum habt ihr euch bereits anlegen lassen, indem ihr den *Phalaris* zu eurem Heerführer mit unumschränkter Gewalt ernannt. Wollt ihr ihm nun gar eine Leibwache geben, wollt ihr ihn aufsitzen lassen, so ist es vollends um eure Freiheit getan.«*10 – Alles wird hier allegorisch! Aber einzig und allein dadurch, daß das Pferd hier nicht auf jeden Beleidigten, sondern auf die beleidigten *Himerenser*; der Hirsch nicht auf jeden Beleidiger, sondern auf die Feinde der *Himerenser*; der Mann nicht auf jeden listigen Unterdrücker, sondern auf den *Phalaris*; die Anlegung des Zaums nicht auf jeden ersten Eingriff in die Rechte der Freiheit, sondern auf die Ernennung des *Phalaris* zum unumschränkten Heerführer; und das Aufsitzen endlich nicht auf jeden letzten tödlichen Stoß, welcher der Freiheit beigebracht wird, sondern auf die dem *Phalaris* zu bewilligende Leibwache gezogen und angewandt wird.

*9. Lib. IV. fab. 3 [4; bei Phaedrus ist allerdings von einem Eber, nicht von einem Hirsch (wie bei Aristoteles) die Rede].

*10. Aristoteles Rhetor. lib. II. cap. 20.

14. »Es sei besser, die Kränkung nicht zu rächen, als um Schutz zu flehen.«

15. Dichter in der dorischen Kolonialstadt Himera auf Sizilien (um 640–555); er warnte seine Mitbürger vergeblich vor Phalaris, dem berüchtigten Tyrannen von Agrigent, und mußte schließlich vor diesem fliehen.

Was folgt nun aus alle dem? Dieses: da die Fabel nur
alsdenn allegorisch wird, wenn ich dem erdichteten einzeln Falle, den sie enthält, einen andern ähnlichen Fall,
der sich wirklich zugetragen hat, entgegenstelle, da sie
es nicht an und für sich selbst ist, insofern sie eine allgemeine moralische Lehre enthält, so gehöret das Wort
Allegorie gar nicht in die Erklärung derselben. – Dieses
ist das zweite, was ich gegen die Erklärung des *de La
Motte* zu erinnern habe.

Und man glaube ja nicht, daß ich es bloß als ein mü-
ßiges, überflüssiges Wort daraus verdrängen will. Es ist
hier, wo es steht, ein höchst schädliches Wort, dem wir
vielleicht eine Menge schlechter Fabeln zu danken haben. Man begnüge sich nur, die Fabel, in Ansehung des
allgemeinen Lehrsatzes, *bloß allegorisch* zu machen, und
man kann sicher glauben, eine *schlechte* Fabel gemacht
zu haben. Ist aber eine schlechte Fabel eine Fabel? – Ein
Exempel wird die Sache in ihr völliges Licht setzen. Ich
wähle ein altes, um ohne Mißgunst recht haben zu können. Die Fabel nämlich von dem *Mann* und dem *Satyr*.
»Der *Mann* bläset in seine kalte Hand, um seine Hand
zu wärmen, und bläset in seinen heißen Brei, um seinen
Brei zu kühlen. Was? sagt der *Satyr*, du bläsest aus einem Munde warm und kalt? Geh, mit dir mag ich nichts
zu tun haben!«[*11] – Diese Fabel soll lehren, οτι δει
φευγειν ημας τας φιλιας, ων αμφιβολος εστιν η διαθεσις[16];
die Freundschaft aller Zweizüngler, aller Doppelleute[17],
aller Falschen zu fliehen. Lehrt sie das? Ich bin nicht der
erste, der es leugnet und die Fabel für schlecht ausgibt.

*11. Fab. Aesop. 126 [64 – Eine Anspielung auf diese Fabel findet sich
Faust II, V. 5244 ff.].

16. »daß man die Freundschaften fliehen soll, deren Charakter zweifelhaft ist«.

17. Wortschöpfung Lessings in der Nachfolge Logaus. – Vgl. das im
gleichen Jahr wie die Fabeltheorie erschienene Lessingsche Wörterbuch
zu ›Friedrichs von Logau Sinngedichten‹: »Dupelmann; ein von unse-
rem Dichter ohne Zweifel gemachtes Wort . . . Jetzt sagen wir dafür
Zweizüngler, Doppelzüngler.«

Richer[*12] sagt, sie sündige wider die Richtigkeit der Allegorie; ihre Moral sei weiter nichts als eine Anspielung und gründe sich auf eine bloße Zweideutigkeit. *Richer* hat richtig empfunden, aber seine Empfindung falsch ausgedrückt. Der Fehler liegt nicht sowohl darin, daß die Allegorie nicht richtig genug ist, sondern darin, daß es weiter nichts als eine Allegorie ist. Anstatt daß die Handlung des *Mannes*, die dem *Satyr* so anstößig scheinet, unter dem allgemeinen Subjekte des Lehrsatzes wirklich *begriffen* sein sollte, ist sie ihm bloß *ähnlich*. Der *Mann* sollte sich eines *wirklichen* Widerspruchs schuldig machen, und der Widerspruch ist nur *anscheinend*. Die Lehre warnet uns vor Leuten, die von *ebenderselben* Sache *ja* und *nein* sagen, die *ebendasselbe* Ding loben und tadeln: und die Fabel zeiget uns einen *Mann*, der seinen Atem gegen *verschiedene* Dinge *verschieden* braucht, der auf ganz etwas anders itzt seinen Atem warm haucht, und auf ganz etwas anders ihn itzt kalt bläset.

Endlich, was läßt sich nicht alles *allegorisieren*! Man nenne mir das abgeschmackte Märchen, in welches ich durch die Allegorie nicht einen moralischen Sinn sollte legen können! – »Die Mitknechte des *Aesopus* gelüstet nach den trefflichen Feigen ihres Herrn. Sie essen sie auf, und als es zur Nachfrage kömmt, soll es der gute *Aesop* getan haben. Sich zu rechtfertigen, trinket *Aesop* in großer Menge laues Wasser, und seine Mitknechte müssen ein Gleiches tun. Das laue Wasser hat seine Wirkung, und die Näscher sind entdeckt.« – – Was lehrt uns dieses Histörchen[18]? Eigentlich wohl weiter nichts, als daß laues Wasser, in großer Menge getrunken, zu einem

---

*12. – – contre la justesse de l'allegorie. – – Sa morale n'est qu'une allusion, et n'est fondée que sur un jeu de mots équivoque. *Fables nouvelles, Preface, p. 10.* [David Henri Richer (1685–1748), frz. Dichter. Die *Fables nouvelles mises en vers* erschienen 1729 und 1744.]

18. In La Fontaines Vorrede zu seinen Fabeln.

Brechmittel werde? Und doch machte jener persische
Dichter*13 einen weit edlern Gebrauch davon. »Wenn
man euch«, spricht er, »an jenem großen Tage des Ge-
richts, von diesem warmen und siedenden Wasser wird
zu trinken geben: alsdenn wird alles an den Tag kommen, was ihr mit so vieler Sorgfalt vor den Augen der
Welt verborgen gehalten; und der Heuchler, den hier
seine Verstellung zu einem ehrwürdigen Manne gemacht
hatte, wird mit Schande und Verwirrung überhäuft da-
stehen!« – Vortrefflich!

Ich habe nun noch eine Kleinigkeit an der Erklärung
des *de La Motte* auszusetzen. Das Wort *Lehre* (instruction) ist zu unbestimmt und allgemein. Ist jeder Zug aus
der Mythologie, der auf eine physische Wahrheit an-
spielet oder in den ein tiefsinniger *Baco*19 wohl gar eine
transzendentalische Lehre zu legen weiß, eine Fabel?
Oder wenn der seltsame *Holberg*20 erzählet: »Die Mutter des Teufels übergab ihm einsmals vier Ziegen, um
sie in ihrer Abwesenheit zu bewachen. Aber diese machten ihm so viel zu tun, daß er sie mit aller seiner Kunst
und Geschicklichkeit nicht in der Zucht halten konnte.
Diesfalls sagte er zu seiner Mutter nach ihrer Zurück-
kunft: Liebe Mutter, hier sind Eure Ziegen! Ich will
lieber eine ganze Compagnie Reuter bewachen als eine
einzige Ziege!« – Hat *Holberg* eine Fabel erzählet? Wenigstens ist eine Lehre in diesem Dinge. Denn er setzet

---

*13. *Herbelot Bibl. Orient. p. 516.* Lorsque l'on vous donnera à boire
de cette eau chaude et brulante, dans la question du Jugement dernier,
tout ce que vous avez caché avec tant de soin, paroitra aux yeux de tout
le monde, et celui qui aura acquis de l'estime par son hypocrisie et par
son deguisement, sera pour lors couvert de honte et de confusion. [Es
handelt sich um einen Ausspruch aus dem *Mesnewi* des Dschelâl ad-dîn
Rumi (1207–73); das Herbelotsche Werk erschien 1697 in Paris.]

19. Francis Bacon (1561–1626), engl. Philosoph; vgl. den 41. Literaturbrief.

20. Ludwig Freiherr von Holberg, dän. Dichter (1684–1754), der vor
allem durch seine Komödien bekannt wurde. Seine *Moralischen Fabeln*
erschienen 1751 in dt. Übersetzung; in seiner Rezension nennt sie Lessing
»erbärmlich«.

selbst mit ausdrücklichen Worten dazu: »Diese Fabel
zeigt, daß keine Kreatur weniger in der Zucht zu halten ist als eine Ziege.«*14 – Eine wichtige Wahrheit! Niemand hat die Fabel schändlicher gemißhandelt als dieser *Holberg*! – Und es mißhandelt sie jeder, der, eine
andere als *moralische Lehre* darin vorzutragen, sich einfallen läßt.

Richer

Richer ist ein andrer französischer Fabulist, der ein
wenig besser erzählet als *de La Motte*, in Ansehung der
Erfindung aber weit unter ihm stehet. Auch dieser hat
uns seine Gedanken über diese Dichtungsart nicht vor-
enthalten wollen und erklärt die Fabel durch ein *kleines
Gedicht, das irgendeine unter einem allegorischen Bilde
versteckte Regel enthalte**15.

Richer hat die Erklärung des *de La Motte* offenbar
vor Augen gehabt. Und vielleicht hat er sie gar verbessern wollen. Aber das ist ihm sehr schlecht gelungen.

Ein kleines Gedicht (Poeme)? – Wenn *Richer* das
Wesen eines Gedichts in die *bloße* Fiktion setzet: so bin
ich es zufrieden, daß er die Fabel ein Gedicht nennet.
Wenn er aber auch die poetische Sprache und ein gewis-
ses Silbenmaß als notwendige Eigenschaften eines Ge-
dichtes betrachtet: so kann ich seiner Meinung nicht
sein. – Ich werde mich weiter unten hierüber ausführlicher erklären.

Eine Regel (Precepte)? – Dieses Wort ist nichts bestimmter als das Wort *Lehre* des *de La Motte*. Alle
Künste, alle Wissenschaften haben Regeln, haben Vorschriften. Die Fabel aber stehet einzig und allein der
Moral zu. Von einer andern Seite hingegen betrachtet,

---

*14. Moralische Fabeln des Baron von Holbergs, S. 103.
*15. La Fable est un petit Poeme qui contient un precepte caché sous
une image allegorique. *Fables nouvelles, Preface, p. 9.*

ist *Regel* oder *Vorschrift* hier sogar noch schlechter als
Lehre; weil man unter Regel und Vorschrift eigentlich
nur solche Sätze verstehet, die *unmittelbar* auf die Bestimmung unsers Tuns und Lassens gehen. Von dieser
Art aber sind nicht alle moralische Lehrsätze der Fabel.
Ein großer Teil derselben sind Erfahrungssätze, die uns
nicht sowohl von dem, was geschehen sollte, als vielmehr
von dem, was wirklich geschiehet, unterrichten. Ist die
Sentenz:

> In principatu commutando civium
> Nil praeter domini nomen mutant pauperes[21]

eine Regel, eine Vorschrift? Und gleichwohl ist sie das
Resultat einer von den schönsten Fabeln des Phaedrus[*16].
Es ist zwar wahr, aus jedem solchen Erfahrungssatze
können leicht eigentliche Vorschriften und Regeln *gezogen* werden. Aber was in dem fruchtbaren Satze liegt,
das liegt nicht darum auch in der Fabel. Und was müßte
das für eine Fabel sein, in welcher ich den Satz mit allen
seinen Folgerungen auf einmal anschauend erkennen
sollte?

Unter einem allegorischen Bilde? – Über das Allegorische habe ich mich bereits erkläret. Aber *Bild*[22]
(Image)! Unmöglich kann *Richer* dieses Wort mit Bedacht gewählt haben. Hat er es vielleicht nur ergriffen,
um von *de La Motte* lieber auf Geratewohl abzugehen,
als *nach* ihm recht zu haben? – Ein Bild heißt überhaupt
jede sinnliche Vorstellung eines Dinges nach einer einzigen ihm zukommenden Veränderung. Es zeigt mir
nicht mehrere oder gar alle mögliche Veränderungen,
deren das Ding fähig ist, sondern allein die, in der es
sich in einem und ebendemselben Augenblicke befindet.
In einem Bilde kann ich zwar also wohl eine moralische

---

*16. Libri I. Fab. 15.

21. »Beim Wechsel eines Herrschers ist oft kein Gewinn, / Als daß
der Untergebne nur den Namen tauscht.«

22. Vgl. die gleichen Überlegungen im Laokoon.

Wahrheit erkennen, aber es ist darum noch keine Fabel.
Der mitten im Wasser dürstende *Tantalus*[23] ist ein Bild,
und ein Bild, das mir die Möglichkeit zeigt, man könne
auch bei dem größten Überflusse darben. Aber ist dieses
Bild deswegen eine Fabel? So auch folgendes kleine Gedicht:

> Cursu veloci pendens in novacula,
> Calvus, comosa fronte, nudo corpore,
> Quem si occuparis, teneas; elapsum semel
> Non ipse possit Jupiter reprehendere;
> Occasionem rerum significat brevem.
>   Effectus impediret ne segnis mora,
> Finxere antiqui talem effigiem temporis.[24]

Wer wird diese Zeilen für eine Fabel erkennen, ob sie
schon *Phaedrus* als eine solche unter seinen Fabeln mit
unterlaufen läßt*[17]? Ein jedes *Gleichnis*, ein jedes *Emblema*[25] würde eine Fabel sein, wenn sie nicht eine Mannigfaltigkeit von Bildern, und zwar zu *einem* Zwecke
übereinstimmenden Bildern, wenn sie, mit einem Worte,
nicht das *notwendig* erforderte, was wir durch das Wort
Handlung ausdrücken.

Eine *Handlung* nenne ich *eine Folge von Veränderungen, die zusammen ein Ganzes ausmachen.*

Diese *Einheit des Ganzen* beruhet auf der *Überein-
stimmung aller Teile zu einem Endzwecke.*

Der Endzweck der Fabel, das, wofür die Fabel erfunden wird, ist der moralische Lehrsatz.

Folglich hat die Fabel eine *Handlung*, wenn das, was

---

*17. Lib. V. Fab. 8.

23. Vgl. *Odyssee* XI 582 ff.

24. »Auf eines Messers Schärfe schwebend, flücht'gen Laufs,
Kahlköpfig, mit behaarter Stirne, nackten Leibs,
Und wenn du sie ergreifest, halte sie. Einmal
Entronnen, bringt selbst Jupiter sie nicht zurück.
Das ist das Bild der flüchtigen Gelegenheit.
   Auf daß nicht träge Zögrung hemme das Gedeihn,
Ersannen sich die Alten solches Bild der Zeit.«

25. griech. ›das Eingefügte‹; Sinnbild.

sie erzählt, eine Folge von Veränderungen ist und jede
dieser Veränderungen etwas dazu beiträgt, die einzeln
Begriffe, aus welchen der moralische Lehrsatz bestehet,
anschauend erkennen zu lassen.

Was die Fabel erzählt, muß eine *Folge von Veränderungen sein. Eine* Veränderung oder auch mehrere Veränderungen, die nur *nebeneinander* bestehen und nicht
aufeinander folgen, wollen zur Fabel nicht zureichen.
Und ich kann es für eine untriegliche Probe ausgeben,
daß eine Fabel schlecht ist, daß sie den Namen der
Fabel gar nicht verdienet, wenn ihre vermeinte Handlung *sich ganz malen läßt*. Sie enthält alsdenn ein bloßes Bild, und der Maler hat keine Fabel, sondern ein
Emblema gemalt. – »Ein Fischer, indem er sein Netz
aus dem Meere zog, blieb der größern Fische, die sich
darin gefangen hatten, zwar habhaft, die kleinsten aber
schlupften durch das Netz durch und gelangten glücklich wieder ins Wasser.« – Diese Erzählung befindet
sich unter den aesopischen Fabeln*18, aber sie ist keine
Fabel, wenigstens eine sehr mittelmäßige. Sie hat keine
Handlung, sie enthält ein bloßes einzelnes Faktum, das
sich ganz malen läßt; und wenn ich dieses einzelne Faktum, dieses Zurückbleiben der größern und dieses Durchschlupfen der kleinen Fische, auch mit noch so viel andern Umständen erweiterte, so würde doch in ihm *allein*,
und nicht in den andern Umständen zugleich mit, der
moralische Lehrsatz liegen.

Doch nicht genug, daß das, was die Fabel erzählt,
eine Folge von Veränderungen ist, alle diese Veränderungen müssen zusammen nur einen *einzigen* anschauenden Begriff in mir erwecken. Erwecken sie deren mehrere, liegt mehr als ein moralischer Lehrsatz in der
vermeinten Fabel, so fehlt der Handlung ihre Einheit,
so fehlt ihr das, was sie eigentlich zur Handlung macht,

*18. Fab. Aesop. 154 [26].

und kann, richtig zu sprechen, keine *Handlung*, sondern muß eine *Begebenheit* heißen. – Ein Exempel:

> Lucernam fur accendit ex ara Jovis,
> Ipsumque compilavit ad lumen suum;
> Onustus qui sacrilegio cum discederet,
> Repente vocem sancta misit Religio:
> Malorum quamvis ista fuerint munera,
> Mihique invisa, ut non offendar subripi;
> Tamen, sceleste, spiritu culpam lues,
> Olim cum adscriptus venerit poenae dies.
> Sed ne ignis noster facinori praeluceat,
> Per quem verendos excolit pietas Deos,
> Veto esse tale luminis commercium.
> Ita hodie, nec lucernam de flamma Deûm
> Nec de lucerna fas est accendi sacrum.[26]

Was hat man hier gelesen? Ein Histörchen, aber keine Fabel. Ein Histörchen trägt sich zu, eine Fabel wird erdichtet. Von der Fabel also muß sich ein Grund angeben lassen, warum sie erdichtet worden, da ich den Grund, warum sich jenes zugetragen, weder zu wissen noch anzugeben gehalten bin. Was wäre nun der Grund, warum diese Fabel erdichtet worden, wenn es anders eine Fabel wäre? Recht billig zu urteilen, könnte es kein andrer als dieser sein: der Dichter habe einen wahrscheinlichen Anlaß zu dem doppelten Verbote, *weder von dem heiligen Feuer ein gemeines Licht noch von*

26. »An Zeus' Altar entzündet einst ein Dieb das Licht,
Und bei dem Scheine plündert' er den Tempel aus.
Als, mit dem Raub beladen, er nunmehr enteilt,
Vernahm er aus dem Heiligtum das Götterwort:
›Zwar sind es nur der Sünder Gaben, die du raubst,
Und mir verhaßt, daß mich ihr Raub nicht schmerzen soll;
Doch sollst du mit dem Leben büßen deine Schuld,
Wenn einst der festgesetzte Rachetag erscheint.
Und daß dem Frevel leuchte nie mein Feuer mehr,
Durch das der Fromme sel'ge Götter ehrt, so sei
Kein solcher Mißbrauch meines Feuers mehr erlaubt,
So soll man kein gemeines Licht am Opfer mehr
Anzünden, noch das Opfer an gemeinem Licht.‹«

einem gemeinen Lichte das heilige Feuer anzuzünden,
erzählen wollen. Aber wäre das eine *moralische* Absicht,
dergleichen der Fabulist doch notwendig haben soll?
Zur Not könnte zwar dieses einzelne Verbot zu einem
Bilde des allgemeinen Verbots dienen, *daß das Heilige*
mit dem Unheiligen, das Gute mit dem Bösen in keiner
Gemeinschaft stehen soll. Aber was tragen alsdenn die
übrigen Teile der Erzählung zu diesem Bilde bei? Zu
diesem gar nichts, sondern ein jeder ist vielmehr das
Bild, der einzelne Fall einer ganz andern allgemeinen
Wahrheit. Der Dichter hat es selbst empfunden und hat
sich aus der Verlegenheit, welche Lehre er *allein* daraus
ziehen solle, nicht besser zu reißen gewußt, als wenn er
deren so viele daraus zöge als sich nur immer ziehen
ließen. Denn er schließt:

> Quot res contineat hoc argumentum utiles,
> Non explicabit alius, quam qui repperit.
> Significat primo, saepe, quos ipse alueris,
> Tibi inveniri maxime contrarios.
> Secundo ostendit, scelera non ira Deûm,
> Fatorum dicto sed puniri tempore.
> Novissime interdicit, ne cum malefico
> Usum bonus consociet ullius rei.[27]

Eine elende Fabel, wenn niemand anders als ihr Erfinder es erklären kann, *wieviel* nützliche Dinge sie enthalte! Wir hätten an einem genug! – Kaum sollte man
es glauben, daß einer von den Alten, einer von diesen
großen Meistern in der Einfalt ihrer Plane, uns dieses
Histörchen für eine Fabel*[19] verkaufen können.

---

*19. Phaedrus libr. IV. Fab. 10 [11].

27.   »Hiervon die Nutzanwendung, welche vielfach ist,
        Mag nur der Dichter zeigen, der es ausgedacht.
        Zuerst lehrt die Geschichte, daß dein ärgster Feind
        Oft der ist, welchen selber sorglich du gepflegt.
        Zum zweiten, daß nicht immer gleich durch Götterzorn,
        Nein oft durchs Schicksal Frevler spät die Strafe trifft,
        Zuletzt warnt sie den Guten, daß durch keinerlei
        Gewinn er mit dem Frevler sich vereinige.«

Breitinger[28]

Ich würde von diesem großen Kunstrichter nur wenig gelernt haben, wenn er in meinen Gedanken *noch* überall recht hätte. – Er gibt uns aber eine doppelte Erklärung von der Fabel*[20]. Die eine hat er von dem *de La Motte* entlehnet, und die andere ist ihm ganz eigen.

Nach jener versteht er unter der Fabel *eine unter der wohlgeratenen Allegorie einer ähnlichen Handlung verkleidete Lehre und Unterweisung.* – Der klare, übersetzte *de La Motte*! Und der ein wenig gewässerte: könnte man noch dazusetzen. Denn was sollen die Beiwörter: *wohlgeratene* Allegorie, *ähnliche* Handlung? Sie sind höchst überflüssig.

Doch ich habe eine andere wichtigere Anmerkung auf ihn versparet. *Richer* sagt: die Lehre solle unter dem allegorischen Bilde *versteckt* (caché) sein. Versteckt! welch ein unschickliches Wort! In manchem *Rätsel* sind Wahrheiten, in den Pythagorischen Denksprüchen sind moralische Lehren *versteckt*, aber in keiner Fabel. Die Klarheit, die Lebhaftigkeit, mit welcher die Lehre aus allen Teilen einer guten Fabel auf einmal hervorstrahlet, hätte durch ein ander Wort als durch das ganz widersprechende *versteckt* ausgedrückt zu werden verdienet. Sein Vorgänger *de La Motte* hatte sich um ein gut Teil feiner erklärt; er sagt doch nur *verkleidet* (deguisé). Aber auch *verkleidet* ist noch viel zu unrichtig, weil auch *verkleidet* den Nebenbegriff einer mühsamen Erkennung mit sich führet. Und es muß gar keine Mühe kosten, die Lehre in der Fabel zu erkennen; es müßte vielmehr, wenn ich so reden darf, Mühe und Zwang kosten, sie darin nicht zu erkennen. Aufs höchste würde sich dieses *verkleidet* nur in Ansehung der *zusammen-*

*20. Der Critischen Dichtkunst ersten Bandes siebender Abschnitt, S. 194.

28. Johann Jakob Breitinger (1701–76), Schweizer Gelehrter und Kritiker: *Critische Dichtkunst* (1740).

gesetzten Fabel entschuldigen lassen. In Ansehung der
einfachen ist es durchaus nicht zu dulden. Von zwei
ähnlichen einzeln Fällen kann zwar einer durch den andern ausgedrückt, einer in den andern *verkleidet* werden: aber wie man das Allgemeine in das Besondere
verkleiden könne, das begreife ich ganz und gar nicht.
Wollte man mit aller Gewalt ein ähnliches Wort hier
brauchen, so müßte es anstatt *verkleiden* wenigstens
einkleiden heißen.

Von einem deutschen Kunstrichter hätte ich überhaupt dergleichen figürliche Wörter in einer Erklärung
nicht erwartet. Ein *Breitinger* hätte es den schön ver-
nünftelnden Franzosen überlassen sollen, sich damit aus
dem Handel zu wickeln; und ihm würde es sehr wohl
angestanden haben, wenn er uns mit den trocknen Worten der Schule belehrt hätte, daß die moralische Lehre
in die Handlung weder *versteckt* noch *verkleidet*, sondern durch sie der *anschauenden Erkenntnis* fähig gemacht werde. Ihm würde es erlaubt gewesen sein, uns
von der Natur dieser auch der rohesten Seele zukommenden Erkenntnis, von der mit ihr verknüpften schnel-
len Überzeugung, von ihrem daraus entspringenden
mächtigen Einflusse auf den Willen das Nötige zu lehren. Eine Materie, die durch den ganzen spekulativi-
schen Teil der Dichtkunst von dem größten Nutzen ist
und von *unserm Weltweisen*[29] schon gnugsam erläutert
war*[21]! – Was *Breitinger* aber damals unterlassen, das
ist mir, itzt nachzuholen, nicht mehr erlaubt. Die philosophische Sprache ist seitdem unter uns so bekannt
geworden, daß ich mich der Wörter *anschauen, anschau-
ender Erkenntnis* gleich von Anfange als solcher Wör-

---

*21. Ich kann meine Verwunderung nicht bergen, daß Herr *Breitinger*
das, was *Wolf* schon damals von der Fabel gelehret hatte, auch nicht im
geringsten gekannt zu haben scheinet. Wolfii Philosophiae practicae universalis pars posterior §§ 302–323. Dieser Teil erschien 1739, und die
Breitingersche Dichtkunst erst das Jahr darauf.

29. der dt. Philosoph Christian Wolff (1679–1754).

ter ohne Bedenken habe bedienen dürfen, mit welchen
nur wenige nicht einerlei Begriff verbinden.

Ich käme zu der zweiten Erklärung, die uns *Breitinger*
von der Fabel gibt. Doch ich bedenke, daß ich diese bequemer an einem andern Orte[30] werde untersuchen
können. – Ich verlasse ihn also.

Batteux[31]

Batteux erkläret die Fabel kurzweg durch die *Erzählung einer allegorischen Handlung*[*22]. Weil er es zum
Wesen der Allegorie macht, daß sie eine Lehre oder
Wahrheit *verberge*, so hat er ohne Zweifel geglaubt,
des moralischen Satzes, der in der Fabel zum Grunde
liegt, in ihrer Erklärung gar nicht erwähnen zu dürfen.
Man siehet sogleich, was von meinen bisherigen Anmerkungen auch wider diese Erklärung anzuwenden
ist. Ich will mich daher nicht wiederholen, sondern bloß
die fernere Erklärung, welche *Batteux* von der Handlung gibt, untersuchen.

»Eine Handlung, sagt *Batteux*, ist eine Unternehmung, die mit Wahl und Absicht geschiehet. – Die
Handlung setzet, außer dem Leben und der Wirksam-
keit, auch Wahl und Endzweck voraus und kömmt nur
vernünftigen Wesen zu.«

Wenn diese Erklärung ihre Richtigkeit hat, so mögen wir nur neun Zehnteile von allen existierenden
Fabeln ausstreichen. *Aesopus* selbst wird alsdann deren
kaum zwei oder drei gemacht haben, welche die Probe

---

*22. Principes de Litterature, Tome II. I. Partie p. V. L'Apologue est
le recit d'une action allegorique etc. [»Die Fabel ist die Erzählung einer
allegorischen Handlung usw.«]

30. S. S. 107.
31. Charles Batteux (1713–80), frz. Ästhetiker; sein Hauptwerk *Cours
de belles lettres ou principes de la littérature* wurde von K. L. Ramler
ins Deutsche übersetzt. – Vgl. den 70. Literaturbrief.

halten. — »Zwei Hähne kämpfen miteinander. Der Be-
siegte verkriecht sich. Der Sieger fliegt auf das Dach,
schlägt stolz mit den Flügeln und krähet. Plötzlich
schießt ein Adler auf den Sieger herab und zerfleischt
ihn.«[*23] — Ich habe das allezeit für eine sehr glückliche
Fabel gehalten, und doch fehlt ihr, nach dem *Batteux*,
die Handlung. Denn wo ist hier eine Unternehmung,
die mit Wahl und Absicht geschähe? — »Der Hirsch
betrachtet sich in einer spiegelnden Quelle, er schämt
sich seiner dürren Läufte und freuet sich seines stolzen
Geweihes. Aber nicht lange! Hinter ihm ertönet die
Jagd, seine dürren Läufte bringen ihn glücklich ins Ge-
hölze, da verstrickt ihn sein stolzes Geweih, er wird
erreicht.«[*24] — Auch hier sehe ich keine Unternehmung,
keine Absicht. Die Jagd ist zwar eine Unternehmung,
und der fliehende Hirsch hat die Absicht, sich zu retten,
aber beide Umstände gehören eigentlich nicht zur Fabel, weil man sie, ohne Nachteil derselben, weglassen
und verändern kann. Und dennoch fehlt es mir nicht
an Handlung. Denn die Handlung liegt in dem *falsch
befundenen Urteile* des Hirsches. Der Hirsch urteilet
falsch und lernet gleich darauf aus der Erfahrung, daß
er falsch geurteilet habe. Hier ist also eine Folge von
Veränderungen, die einen einzigen anschauenden Begriff in mir erwecken. — Und das ist meine obige Erklärung[32] der Handlung, von der ich glaube, daß sie
auf alle gute Fabeln passen wird.

Gibt es aber doch wohl Kunstrichter, welche einen
noch engern, und zwar so materiellen Begriff mit dem
Worte *Handlung* verbinden, daß sie nirgends Handlung sehen, als wo die Körper so tätig sind, daß sie eine
gewisse Veränderung des Raumes erfordern. Sie finden
in keinem Trauerspiele Handlung, als wo der Liebha-

*23. Aesop. Fab. 145 [21].
*24. Fab. Aesop. 181 [128].

32. S. S. 81.

ber zu Füßen fällt, die Prinzessin ohnmächtig wird, die
Helden sich balgen, und in keiner Fabel, als wo der
Fuchs *springt,* der Wolf *zerreißet* und der Frosch die
Maus sich an das Bein *bindet.* Es hat ihnen nie beifallen
wollen, daß auch jeder innere Kampf von Leidenschaften, jede Folge von verschiedenen Gedanken, wo eine
die andere aufhebt, eine Handlung sei; vielleicht weil
sie viel zu mechanisch denken und fühlen, als daß sie
sich irgendeiner Tätigkeit dabei bewußt wären. – Ernst-
hafter sie zu widerlegen würde eine unnütze Mühe sein.
Es ist aber nur schade, daß sie sich einigermaßen mit
dem *Batteux* schützen, wenigstens behaupten können,
ihre Erklärung mit ihm aus einerlei Fabeln abstrahieret
zu haben. Denn wirklich, auf welche Fabel die Erklärung des *Batteux* passet, passet auch ihre, so abge-
schmackt sie immer ist.

Batteux, wie ich wohl darauf wetten wollte, hat bei
seiner Erklärung nur die *erste* Fabel des *Phaedrus* vor
Augen gehabt, die er, mehr als einmal, une des plus
belles et des plus celebres de l'antiquité[33] nennet. Es ist
wahr, in dieser ist die Handlung ein Unternehmen, das
mit Wahl und Absicht geschiehet. Der Wolf nimmt sich
vor, das Schaf zu zerreißen, fauce improba incitatus[34];
er will es aber nicht so plump zu, er will es mit einem
Scheine des Rechts tun, und also jurgii causam intulit[35].
– Ich spreche dieser Fabel ihr Lob nicht ab; sie ist so
vollkommen, als sie nur sein kann. Allein sie ist nicht
deswegen vollkommen, weil ihre Handlung ein Unternehmen ist, das mit Wahl und Absicht geschiehet, sondern weil sie ihrer Moral, die von einem solchen Unternehmen spricht, ein völliges Genüge tut. Die Moral
ist*[25]: οις προθεσις αδικειν, παρ' αυτοις ου δικαιολογια

*25. Fab. Aesop. 230 [274, b].

33. »eine der schönsten und beliebtesten des Altertums«.

34. »von seinem gefräßigen Schlund gereizt«.

35. »er fand des Streites Ursache«.

ισχυει[36]. Wer den *Vorsatz* hat, einen Unschuldigen zu
unterdrücken, der wird es zwar μετ' ευλογου αιτιας[37] zu
tun suchen; er wird einen scheinbaren Vorwand *wählen*,
aber sich im geringsten nicht von seinem einmal gefaß-
ten Entschlusse abbringen lassen, wenn sein Vorwand
gleich völlig zuschanden gemacht wird. Diese Moral
redet von einem *Vorsatze* (dessein); sie redet von gewissen, vor andern vorzüglich *gewählten* Mitteln, diesen Vorsatz zu vollführen (choix): und folglich muß
auch in der Fabel etwas sein, was diesem Vorsatze, diesen gewählten Mitteln entspricht; es muß in der Fabel
sich ein Unternehmen finden, das mit Wahl und Absicht geschiehet. Bloß dadurch wird sie zu einer *vollkommenen* Fabel, welches sie nicht sein würde, wenn
sie den geringsten Zug mehr oder weniger enthielte als,
den Lehrsatz anschauend zu machen, nötig ist. *Batteux*
bemerkt alle ihre kleinen Schönheiten des Ausdrucks
und stellet sie von dieser Seite in ein sehr vorteilhaftes
Licht; nur ihre wesentliche Vortrefflichkeit läßt er un-
erörtert und verleitet sogar, sie zu verken-
nen. Er sagt nämlich, die Moral, die aus dieser Fabel
fließe, sei: que le plus foible est souvent opprimé par
le plus fort[38]. Wie seicht! Wie falsch! Wenn sie weiter
nichts als dieses lehren sollte, so hätte wahrlich der
Dichter die fictae causae[39] des Wolfs sehr vergebens,
sehr für die Langeweile erfunden; seine Fabel sagte
mehr, als er damit hätte sagen wollen, und wäre, mit
einem Worte, schlecht.

Ich will mich nicht in mehrere Exempel zerstreuen.
Man untersuche es nur selbst, und man wird durchgän-
gig finden, daß es bloß von der Beschaffenheit des
Lehrsatzes abhängt, ob die Fabel eine solche Handlung,

36. »daß für die, welche willens sind, unrecht zu tun, die Rechtferti-
gung keine Kraft hat«.
37. »mit Vorgeben eines Grundes«.
38. »daß der Schwächere oft vom Stärkeren unterdrückt wird«.
39. »die erdichteten Gründe«.

wie sie *Batteux* ohne Ausnahme fodert, haben muß
oder entbehren kann. Der Lehrsatz der itzt erwähnten
Fabel des *Phaedrus* machte sie, wie wir gesehen, notwendig, aber tun es deswegen alle Lehrsätze? Sind alle
Lehrsätze von dieser Art? Oder haben allein die, welche es sind, das Recht, in eine Fabel eingekleidet zu
werden? Ist z. E. der Erfahrungssatz

> Laudatis utiliora quae contemseris
> Sacpe inveniri[40]

nicht wert, in einem einzeln Falle, welcher die Stelle
einer Demonstration vertreten kann, erkannt zu werden? Und wenn er es ist, was für ein Unternehmen,
was für eine Absicht, was für eine Wahl liegt darin,
welche der Dichter auch in der Fabel auszudrücken gehalten wäre?

So viel ist wahr: wenn aus einem Erfahrungssatze
unmittelbar eine Pflicht, etwas zu tun oder zu lassen,
folget, so tut der Dichter besser, wenn er die Pflicht, als
wenn er den bloßen Erfahrungssatz in seiner Fabel aus-
drückt. – »Groß sein ist nicht immer ein Glück« – diesen Erfahrungssatz in eine *schöne* Fabel zu bringen
möchte kaum möglich sein. Die obige Fabel von dem
Fischer[41], welcher nur der größten Fische habhaft blei-
bet, indem die kleinern glücklich durch das Netz durchschlupfen, ist, in mehr als einer Betrachtung, ein sehr
mißlungener Versuch. Aber wer heißt auch dem Dichter,
die Wahrheit von dieser schielenden[42] und unfruchtba-
ren Seite nehmen? Wenn groß sein nicht immer ein
Glück ist, so ist es oft ein Unglück; und wehe dem, der
wider seinen Willen groß ward, den das Glück ohne
sein Zutun erhob, um ihn ohne sein Verschulden desto
elender zu machen! Die großen Fische mußten groß

---

40. »Daß, was man wenig achtet, oft mehr Nutzen bringt, / Als was
man rühmt« (Phaedr. lib. I. fab. 12).
41. S. S. 82.
42. schiefen.

werden; es stand nicht bei ihnen, klein zu bleiben. Ich
danke dem Dichter für kein Bild, in welchem ebenso
viele ihr Unglück als ihr Glück erkennen. Er soll nie-
manden mit seinen Umständen unzufrieden machen;
und hier macht er doch, daß es die Großen mit den ihrigen sein müssen. Nicht das Großsein, sondern die eitele
Begierde groß zu werden (κενοδοξιαν), sollte er uns als
eine Quelle des Unglücks zeigen. Und das tat jener
Alte[*26], der die Fabel von den Mäusen und Wieseln
erzählte. »Die Mäuse glaubten, daß sie nur deswegen
in ihrem Kriege mit den Wieseln so unglücklich wären,
weil sie keine Heerführer hätten, und beschlossen, dergleichen zu wählen. Wie rang nicht diese und jene ehr-
geizige Maus, es zu werden! Und wie teuer kam ihr
am Ende dieser Vorzug zu stehen! Die Eiteln banden
sich Hörner auf,

> – – – ut conspicuum in praelio
> Haberent signum, quod sequerentur milites[43],

und diese Hörner, als ihr Heer dennoch wieder geschlagen ward, hinderten sie, sich in ihre engen Löcher zu
retten,

> Haesere in portis, suntque capti ab hostibus
> Quos immolatos victor avidis dentibus
> Capacis alvi mersit tartareo specu[44].«

Diese Fabel ist ungleich schöner. Wodurch ist sie es aber
anders geworden, als dadurch, daß der Dichter die Moral bestimmter und fruchtbarer angenommen hat? Er
hat das *Bestreben* nach einer *eiteln* Größe, und nicht die
Größe überhaupt, zu seinem Gegenstande gewählet;

---

*26. Fab. Aesop. 243 [in der Editio Hauptmannianae tatsächlich Nr. 143
infolge eines Druckfehlers (p. 190) – Halm 291]. Phaedrus libr. IV. Fab.
5 [6].

43. »... daß ihre Krieger in der Schlacht / Dem Zeichen folgen konnten und es fernhin sahn«.

44.   »Die blieben am Eingang stecken, und sie fing der Feind.
          Er opfert sie mit gier'gem Zahn als Sieger hin
          Und senkt sie in des Rachens weiten Höllenschlund.«

und nur durch dieses *Bestreben,* durch diese *eitle* Größe, ist natürlicherweise auch in seine Fabel das Leben gekommen, das uns so sehr in ihr gefällt.

Überhaupt hat *Batteux* die Handlung der aesopischen Fabel mit der Handlung der Epopee und des Drama viel zu sehr verwirrt. Die Handlung der beiden letztern muß außer der Absicht, welche der Dichter damit verbindet, auch eine innere, ihr selbst zukommende Absicht haben. Die Handlung der erstern braucht diese innere Absicht nicht, und sie ist vollkommen genug, wenn nur der Dichter seine Absicht damit erreichet. Der heroische und dramatische Dichter machen die Erregung der Leidenschaften zu ihrem vornehmsten Endzwecke. Er kann sie aber nicht anders erregen als durch nachgeahmte Leidenschaften; und nachahmen kann er die Leidenschaften nicht anders, als wenn er ihnen gewisse Ziele setzet, welchen sie sich zu nähern oder von welchen sie sich zu entfernen streben. Er muß also in die Handlung selbst Absichten legen, und diese Absichten unter eine Hauptabsicht so zu bringen wissen, daß verschiedene Leidenschaften nebeneinander bestehen können. Der Fabulist hingegen hat mit unsern Leidenschaften nichts zu tun, sondern allein mit unserer Erkenntnis. Er will uns von irgendeiner einzeln moralischen Wahrheit lebendig überzeugen. Das ist seine Absicht, und diese sucht er, nach Maßgebung der Wahrheit, durch die sinnliche Vorstellung einer Handlung bald mit, bald ohne Absichten zu erhalten. Sobald er sie erhalten hat, ist es ihm gleichviel, ob die von ihm erdichtete Handlung ihre innere Endschaft[45] erreicht hat oder nicht. Er läßt seine Personen oft mitten auf dem Wege stehen und denket im geringsten nicht daran, unserer Neugierde ihretwegen ein Genüge zu tun. »Der Wolf beschuldiget den Fuchs eines Diebstahls. Der

45. Abschluß.

Fuchs leugnet die Tat. Der Affe soll Richter sein. Kläger und Beklagter bringen ihre Gründe und Gegengründe vor. Endlich schreitet der Affe zum Urteil*27:

> Tu non videris perdidisse, quod petis;
> Te credo surripuisse, quod pulchre negas.46«

Die Fabel ist aus; denn in dem Urteil des Affen lieget die Moral, die der Fabulist zum Augenmerke gehabt hat. Ist aber das Unternehmen aus, das uns der Anfang derselben verspricht? Man bringe diese Geschichte in Gedanken auf die komische Bühne, und man wird sogleich sehen, daß sie durch einen sinnreichen Einfall *abgeschnitten*, aber nicht *geendigt* ist. Der Zuschauer ist nicht zufrieden, wenn er voraussiehet, daß die Streitigkeit hinter der Szene wieder von vorne angehen muß. – »Ein armer geplagter Greis ward unwillig, warf seine Last von dem Rücken und rief den Tod. Der Tod erscheinet. Der Greis erschrickt und fühlt betroffen, daß elend leben doch besser als gar nicht leben ist. Nun, was soll ich? fragt der Tod. Ach, lieber Tod, mir meine Last wieder aufhelfen.«*28 – Der Fabulist ist glücklich und zu unserm Vergnügen an seinem Ziele. Aber auch die Geschichte? Wie ging es dem Greise? Ließ ihn der Tod leben, oder nahm er ihn mit? Um alle solche Fragen bekümmert sich der Fabulist nicht; der dramatische Dichter aber muß ihnen vorbauen.

Und so wird man hundert Beispiele finden, daß wir uns zu einer Handlung für die Fabel mit weit wenigerm begnügen als zu einer Handlung für das Heldengedichte oder das Drama. Will man daher eine allgemeine Erklärung von der *Handlung* geben, so kann man unmöglich die Erklärung des *Batteux* dafür brau-

---

*27. Phaedrus libr. I. Fab. 10.
*28. Fab. Aesop. 20 [90, b].

46. »Dir scheint das nicht entwendet, was du forderst; / Was du so fein ableugnest, stahlest du gewiß.«

chen, sondern muß sie notwendig so weitläufig machen,
als ich es oben getan habe. – Aber der Sprachgebrauch?
wird man einwerfen. Ich gestehe es; dem Sprachgebrauche nach heißt *gemeiniglich* das eine Handlung,
was einem gewissen Vorsatze zufolge unternommen
wird; dem Sprachgebrauche nach muß dieser Vorsatz
ganz erreicht sein, wenn man soll sagen können, daß
die Handlung zu Ende sei. Allein was folgt hieraus?
Dieses: wem der Sprachgebrauch so gar heilig ist, daß
er ihn auf keine Weise zu verletzen wagt, der enthalte
sich des Wortes *Handlung*, insofern es eine *wesentliche*
Eigenschaft der Fabel ausdrücken soll, ganz und gar. –

Und, alles wohl überlegt, dem Rate werde ich selbst
folgen. Ich will nicht sagen, die moralische Lehre werde
in der Fabel durch eine Handlung ausgedrückt, sondern
ich will lieber ein Wort von einem weitern Umfange
suchen und sagen, der allgemeine Satz werde durch die
Fabel *auf einen einzeln Fall zurückgeführt*. Dieser einzelne Fall wird *allezeit* das sein, was ich oben unter
dem Worte Handlung verstanden habe; das aber, was
Batteux darunter verstehet, wird er nur *dann und
wann* sein. Er wird allezeit eine Folge von Veränderungen sein, die durch die Absicht, die der Fabulist damit verbindet, zu einem Ganzen werden. Sind sie es
auch außer dieser Absicht, desto besser! Eine Folge von
Veränderungen – daß es aber Veränderungen *freier,
moralischer*[47] Wesen sein müssen, verstehet sich von
selbst. Denn sie sollen einen Fall ausmachen, der unter
einem Allgemeinen, das sich nur von *moralischen* Wesen sagen läßt, mit begriffen ist. Und darin hat *Batteux*
freilich recht, daß das, was er die Handlung der Fabel nennet, bloß vernünftigen Wesen zukomme. Nur
kömmt es ihnen nicht deswegen zu, weil es ein Unternehmen mit Absicht ist, sondern weil es Freiheit vor-

47. vernünftiger.

aussetzt. Denn die Freiheit handelt zwar allezeit aus
Gründen, aber nicht allezeit aus Absichten. – –

Sind es meine Leser nun bald müde, mich nichts als
widerlegen zu hören? Ich wenigstens bin es. *De La
Motte, Richer, Breitinger, Batteux* sind Kunstrichter
von allerlei Art, mittelmäßige, gute, vortreffliche. Man
ist in Gefahr, sich auf dem Wege zur Wahrheit zu ver-
irren, wenn man sich um gar keine Vorgänger bekümmert; und man versäumet sich ohne Not, wenn man
sich um alle bekümmern will.

Wie weit bin ich? Hui, daß mir meine Leser alles,
was ich mir so mühsam erstritten habe, von selbst geschenkt hätten! – In der Fabel wird *nicht eine jede
Wahrheit,* sondern ein allgemeiner moralischer Satz
nicht unter die Allegorie einer Handlung, sondern auf
einen einzeln Fall *nicht versteckt oder verkleidet,* sondern so zurückgeführt, daß ich *nicht bloß einige Ähn-
lichkeiten mit dem moralischen Satze in ihm entdecke,*
sondern diesen ganz anschauend darin erkenne.

Und das ist das Wesen der Fabel? Das ist es, ganz erschöpft? – Ich wollte es gern meine Leser bereden, wenn
ich es nur erst selbst glaubte. – Ich lese bei dem *Aristoteles*[*29]: »Eine obrigkeitliche Person durch das Los er-
nennen ist eben, als wenn ein Schiffsherr, der einen
Steuermann braucht, es auf das Los ankommen ließe,
welcher von seinen Matrosen es sein sollte, anstatt daß
er den allergeschicktesten dazu unter ihnen mit Fleiß
aussuchte.« – Hier sind zwei besondere Fälle, die unter
eine allgemeine moralische Wahrheit gehören. Der eine
ist der sich eben itzt äußernde, der andere ist der erdichtete. Ist dieser erdichtete eine Fabel? Niemand wird ihn
dafür gelten lassen. – Aber wenn es bei dem *Aristoteles*
so hieße: »Ihr wollt euren Magistrat durch das Los er-
nennen? Ich sorge, es wird euch gehen wie jenem Schiffs-

[*29]. Aristoteles Rhetor. libr. II. cap. 20.

herrn, der, als es ihm an einem Steuermanne fehlte etc.«
Das verspricht doch eine Fabel? Und warum? Welche
Veränderung ist damit vorgegangen? Man betrachte
alles genau, und man wird keine finden als diese: Dort
ward der Schiffsherr durch ein *als wenn* eingeführt, er
ward bloß als *möglich* betrachtet; und hier hat er die
Wirklichkeit erhalten, es ist hier ein gewisser, es ist
jener Schiffsherr.

Das trifft den Punkt! Der *einzelne Fall,* aus welchem
die Fabel bestehet, muß als wirklich vorgestellet werden. Begnüge ich mich an der Möglichkeit desselben, so
ist es ein *Beispiel,* eine *Parabel*[48]. – Es verlohnt sich der
Mühe, diesen wichtigen Unterschied, aus welchem man
allein so viel zweideutigen Fabeln das Urteil sprechen
muß, an einigen Exempeln zu zeigen. – Unter den aesopischen Fabeln des *Planudes*[49] lieset man auch folgendes: »Der Biber ist ein vierfüßiges Tier, das meistens
im Wasser wohnet und dessen Geilen[50] in der Medizin
von großem Nutzen sind. Wenn nun dieses Tier von
den Menschen verfolgt wird und ihnen nicht mehr entkommen kann, was tut es? Es beißt sich selbst die Geilen ab und wirft sie seinen Verfolgern zu. Denn es weiß
gar wohl, daß man ihm nur dieserwegen nachstellet
und es sein Leben und seine Freiheit wohlfeiler nicht
erkaufen kann.«[*30] – Ist das eine Fabel? Es liegt wenigstens eine vortreffliche Moral darin. Und dennoch wird
sich niemand bedenken, ihr den Namen einer Fabel ab-
zusprechen. Nur über die Ursache, warum er ihr abzu-
sprechen sei, werden sich vielleicht die meisten bedenken und uns doch endlich eine falsche angeben. Es ist
nichts als eine Naturgeschichte: würde man vielleicht

[*30]. Fabul. Aesop. 33 [189].

48. Gleichnis.
49. Maximos Planudes (um 1260–1310), Mönch in Konstantinopel, ver-
faßte ein *Leben Aesops* und sammelte aesopische Fabeln.
50. Hoden.

mit dem Verfasser[51] der *Critischen Briefe*[*31] sagen. Aber
gleichwohl, würde ich mit ebendiesem Verfasser antworten, handelt hier der Biber nicht aus bloßem Instinkt, er handelt aus freier Wahl und nach reifer Überlegung, denn er weiß es, warum er verfolgt wird
(γινωσκων ου χαριν διωκεται). Diese Erhebung des In-
stinkts zur Vernunft, wenn ich ihm glauben soll, macht
es ja eben, daß eine Begegnis aus dem Reiche der Tiere
zu einer Fabel wird. Warum wird sie es denn hier nicht?
Ich sage: sie wird es deswegen nicht, weil ihr die *Wirklichkeit* fehlet. Die Wirklichkeit kömmt nur dem Einzeln, dem Individuo zu, und es läßt sich keine Wirklichkeit ohne die Individualität gedenken. Was also
hier von dem ganzen Geschlechte der Biber gesagt wird,
hätte müssen nur von einem einzigen Biber gesagt werden, und alsdenn wäre es eine Fabel geworden. – Ein
ander Exempel: »Die Affen, sagt man, bringen zwei
Junge zur Welt, wovon sie das eine sehr heftig lieben
und mit aller möglichen Sorgfalt pflegen, das andere
hingegen hassen und versäumen. Durch ein sonderbares Geschick aber geschieht es, daß die Mutter das
Geliebte unter häufigen Liebkosungen erdrückt, indem
das Verachtete glücklich aufwächset.«[*32] Auch dieses ist
aus ebender Ursache, weil das, was nur von einem Individuo gesagt werden sollte, von einer ganzen Art gesagt wird, keine Fabel. Als daher *l'Estrange*[52] eine
Fabel daraus machen wollte, mußte er ihm diese All-

---

*31. Critische Briefe. Zürich 1746. S. 168.
*32. Fab. Aesop. 268 [366].

51. Johann Jakob Bodmer (1698–1783), der Schweizer Kritiker, Freund
Breitingers.
52. Roger l'Estrange (1617–1705): *Fables of Esope and of other mytho-
logistes with moral and reflexions*, London 1687; vermehrte Neuauflage
durch den Dichter Samuel Richardson: *Aesop's fables with instructive
morals*, London 1757, die Lessing im gleichen Jahr übersetzte und heraus-
gab: *Hrn. Samuel Richardsons, Verfassers der Pamela, der Clarissa und
des Grandisons, Sittenlehre für die Jugend in den auserlesensten Aesopischen Fabeln mit dienlichen Betrachtungen zur Beförderung der Religion
und der allgemeinen Menschenliebe vorgestellet.*

gemeinheit nehmen und die Individualität dafür erteilen*33. »Eine Äffin, erzählt er, hatte zwei Junge; in das eine war sie närrisch verliebt, an dem andern aber war ihr sehr wenig gelegen. Einsmals überfiel sie ein plötzlicher Schrecken. Geschwind rafft sie ihren Liebling auf, nimmt ihn in die Arme, eilt davon, stürzt aber und schlägt mit ihm gegen einen Stein, daß ihm das Gehirn aus dem zerschmetterten Schädel springt. Das andere Junge, um das sie sich im geringsten nicht bekümmert hatte, war ihr von selbst auf den Rücken gesprungen, hatte sich an ihre Schultern angeklammert und kam glücklich davon.« – Hier ist alles bestimmt; und was dort nur eine *Parabel* war, ist hier zur *Fabel* geworden. – Das schon mehr als einmal angeführte Beispiel von dem Fischer hat den nämlichen Fehler; denn selten hat eine schlechte Fabel einen Fehler allein. Der Fall ereignet sich allezeit, sooft das Netz gezogen wird, daß die Fische, welche kleiner sind als die Gitter des Netzes, durchschlupfen und die größern hangenbleiben. Für sich selbst ist dieser Fall also kein individueller Fall, sondern hätte es durch andere mit ihm verbundene Nebenumstände erst werden müssen.

Die Sache hat also ihre Richtigkeit: der besondere Fall, aus welchem die Fabel bestehet, muß als wirklich vorgestellt werden; er muß das sein, was wir in dem strengsten Verstande einen *einzeln* Fall nennen. Aber warum? Wie steht es um die philosophische Ursache? Warum begnügt sich das Exempel der praktischen Sittenlehre, wie man die Fabel nennen kann, nicht mit der bloßen Möglichkeit, mit der sich die Exempel andrer Wissenschaften begnügen? – Wieviel ließe sich hiervon plaudern, wenn ich bei meinen Lesern gar keine richtige psychologische Begriffe voraussetzen wollte. Ich habe mich oben schon geweigert, die Lehre von der anschau-

---

*33. In seinen Fabeln, so wie sie Richardson adoptiert hat, die 187.

enden Erkenntnis aus unserm Weltweisen abzuschreiben. Und ich will auch hier nicht mehr davon beibringen als unumgänglich nötig ist, die Folge meiner Gedanken zu zeigen.

Die anschauende Erkenntnis ist für sich selbst klar. Die symbolische entlehnet ihre Klarheit von der anschauenden.

Das Allgemeine existieret nur in dem Besondern und kann nur in dem Besondern anschauend erkannt werden.

Einem allgemeinen symbolischen Schlusse folglich alle die Klarheit zu geben, deren er fähig ist, das ist, ihn soviel als möglich zu erläutern, müssen wir ihn auf das Besondere reduzieren, um ihn in diesem anschauend zu erkennen.

Ein Besonderes, insofern wir das Allgemeine in ihm anschauend erkennen, heißt ein Exempel.

Die allgemeinen symbolischen Schlüsse werden also durch Exempel erläutert. Alle Wissenschaften bestehen aus dergleichen symbolischen Schlüssen; alle Wissenschaften bedürfen daher der Exempel.

Doch die Sittenlehre muß mehr tun als ihre allgemeinen Schlüsse bloß erläutern; und die Klarheit ist nicht der einzige Vorzug der anschauenden Erkenntnis.

Weil wir durch diese einen Satz geschwinder übersehen und so in einer kürzern Zeit mehr Bewegungsgründe in ihm entdecken können, als wenn er symbolisch ausgedrückt ist: so hat die anschauende Erkenntnis auch einen weit größern Einfluß in den Willen als die symbolische.

Die Grade dieses Einflusses richten sich nach den Graden ihrer Lebhaftigkeit; und die Grade ihrer Lebhaftigkeit nach den Graden der nähern und mehrern Bestimmungen, in die das Besondere gesetzt wird. Je näher das Besondere bestimmt wird, je mehr sich darin unterscheiden läßt, desto größer ist die Lebhaftigkeit der anschauenden Erkenntnis.

Die Möglichkeit ist eine Art des Allgemeinen; denn alles was möglich ist, ist auf verschiedene Art möglich.

Ein Besonderes also, bloß als möglich betrachtet, ist gewissermaßen noch etwas Allgemeines und hindert, als dieses, die Lebhaftigkeit der anschauenden Erkenntnis.

Folglich muß es als wirklich betrachtet werden und die Individualität erhalten, unter der es allein wirklich sein kann, wenn die anschauende Erkenntnis den höchsten Grad ihrer Lebhaftigkeit erreichen und so mächtig als möglich auf den Willen wirken soll.

Das Mehrere aber, das die Sittenlehre, außer der Erläuterung, ihren allgemeinen Schlüssen schuldig ist, bestehet eben in dieser ihnen zu erteilenden Fähigkeit auf den Willen zu wirken, die sie durch die anschauende Erkenntnis in dem Wirklichen erhalten, da andere Wissenschaften, denen es um die bloße Erläuterung zu tun ist, sich mit einer geringern Lebhaftigkeit der anschauenden Erkenntnis, deren das Besondere, als bloß möglich betrachtet, fähig ist, begnügen.

Hier bin ich also! Die Fabel erfordert deswegen einen wirklichen Fall, weil man in einem wirklichen Falle mehr Bewegungsgründe und deutlicher unterscheiden kann als in einem möglichen, weil das Wirkliche eine lebhaftere Überzeugung mit sich führet als das bloß Mögliche.

Aristoteles scheinet diese Kraft des Wirklichen zwar gekannt zu haben; weil er sie aber aus einer unrechten Quelle herleitet, so konnte es nicht fehlen, er mußte eine falsche Anwendung davon machen. Es wird nicht undienlich sein, seine ganze Lehre von dem Exempel (περι παραδειγματος) hier zu übersehen*34. Erst von seiner Einteilung des Exempels: Παραδειγματων δ' ειδη δυο εστιν, sagt er, εν μεν γαρ εστι παραδειγματος ειδος, το λεγειν πραγματα προγεγενημενα, εν δε, το αυτα ποιειν.

*34. Aristoteles Rhetor. lib. II. cap. 20.

Τουτου δ' εν μεν παραβολη: εν δε λογοι: οιον οι αισωπειοι
και λιβυκοι.[53] Die Einteilung überhaupt ist richtig; von
einem Kommentator aber würde ich verlangen, daß er
uns den Grund von der Unterabteilung der *erdichteten
Exempel* beibrächte und uns lehrte, warum es deren
nur zweierlei Arten gäbe und mehrere nicht geben
könne. Er würde diesen Grund, wie ich es oben getan
habe, leicht aus den Beispielen selbst abstrahieren können, die Aristoteles davon gibt. Die *Parabel* nämlich
führt er durch ein ωσπερ ει τις[54] ein; und die Fabeln
erzählt er als etwas wirklich Geschehenes. Der Kommentator müßte also diese Stelle so umschreiben: Die
Exempel werden entweder aus der Geschichte genom-
men oder in Ermangelung derselben erdichtet. Bei jedem geschehenen Dinge läßt sich die innere Möglichkeit
von seiner Wirklichkeit unterscheiden, obgleich nicht
trennen, wenn es ein geschehenes Ding bleiben soll. Die
Kraft, die es als ein Exempel haben soll, liegt also entweder in seiner bloßen Möglichkeit oder zugleich in
seiner Wirklichkeit. Soll sie bloß in jener liegen, so brauchen wir, in seiner Ermangelung, auch nur ein bloß mög-
liches Ding zu erdichten; soll sie aber in dieser liegen, so
müssen wir auch unsere Erdichtung von der Möglichkeit
zur Wirklichkeit erheben. In dem ersten Falle erdichten
wir eine *Parabel* und in dem andern eine *Fabel*. – (Was
für eine weitere Einteilung[55] der *Fabel* hieraus folge,
wird sich in der dritten Abhandlung zeigen.)

Und so weit ist wider die Lehre des Griechen eigentlich nichts zu erinnern. Aber nunmehr kömmt er auf
den Wert dieser verschiedenen Arten von Exempeln
und sagt: Εισι δ' οι λογοι δημηγορικοι: και εχουσιν αγαθον

53. »Es gibt zwei Arten von Exempeln: die eine Art des Exempels ist,
daß man wirklich Geschehenes anführt, die andere, daß man selbst etwas
erfindet. Von den letzteren ist eine Unterart die Parabel, die andere die
Fabeln, wie die aesopischen und die libyschen [afrikanischen].«
54. »wie wenn einer«.
55. S. S. 121.

τουτο, οτι πραγματα μεν ευρειν ομοια γεγενημενα, χαλεπον, λογους δε ραον. Ποιησαι γαρ δει ωσπερ και παραβολας, αν τις δυνηται το ομοιον οραν, οπερ ραον εστιν εκ φιλοσοφιας. Ραω μεν ουν πορισασθαι τα δια των λογων: χρησιμωτερα δε προς το βουλευσασθαι, τα δια των πραγματων: ομοια γαρ, ως επι το πολυ, τα μελλοντα τοις γεγονοσι.[56] Ich will mich itzt nur an den letzten Aus-spruch dieser Stelle halten. *Aristoteles* sagt, die histori-schen Exempel hätten deswegen eine größere Kraft zu überzeugen als die Fabeln, weil das Vergangene ge-meiniglich dem Zukünftigen ähnlich sei. Und hierin, glaube ich, hat sich *Aristoteles* geirret[57]. Von der Wirk-lichkeit eines Falles, den ich nicht selbst erfahren habe, kann ich nicht anders als aus Gründen der Wahrschein-lichkeit überzeugt werden. Ich glaube bloß deswegen, daß ein Ding geschehen und daß es soundso geschehen ist, weil es höchst wahrscheinlich ist und höchst unwahr-scheinlich sein würde, wenn es nicht oder wenn es an-ders geschehen wäre. Da also einzig und allein die innere Wahrscheinlichkeit mich die ehemalige Wirklich-keit eines Falles glauben macht und diese innere Wahr-scheinlichkeit sich ebensowohl in einem erdichteten Falle finden kann: was kann die Wirklichkeit des erstern für eine größere Kraft auf meine Überzeugung haben als die Wirklichkeit des andern? Ja noch mehr. Da das hi-storische Wahre nicht immer auch wahrscheinlich ist, da *Aristoteles* selbst die Sentenz des *Agatho*[58] billiget:

56. »Fabeln taugen zu Reden ans Volk und haben den Vorteil, daß gleiche Tatsachen aufzufinden schwer, Fabeln zu erfinden dagegen leichter ist. Denn man muß sie erfinden wie die Parabeln, wofern man nur das Ähnliche zu erkennen weiß, was mittels der Philosophie leichter ist. Leichter also ist das Verfahren durch Fabeln, aber fruchtbarer zur be-ratenden Rede das [Verfahren] durch Tatsachen; denn was kommen wird, ist meist dem schon Geschehenen ähnlich.«
57. Lessing hat βουλευσασθαι mißverstanden; gegen Lessings Auslegung haben sich schon 1760 Breitinger (*Lessingische unäsopische Fabeln,* S. 321) und 1768 Herder (*Aesop und Lessing,* Suphansche Edition, II, S. 193) gewandt.
58. Agathon, griech. Tragödiendichter des 5. Jh.s v. Chr.; vornehm-lich durch Platos *Symposion* berühmt geblieben.

Ταχ᾽ αν τις εικος αυτο τουτ᾽ ειναι λεγοι:
Βϱοτοισι πολλα τυγχανειν ουκ εικοτα[59],

da er hier selbst sagt, daß das Vergangene nur *gemeiniglich* (επι το πολυ) dem Zukünftigen ähnlich sei, der
Dichter aber die freie Gewalt hat, hierin von der Natur abzugehen und alles, was er für wahr ausgibt, auch
wahrscheinlich zu machen: so sollte ich meinen, wäre
es wohl klar, daß den Fabeln, überhaupt zu reden, in
Ansehung der Überzeugungskraft, der Vorzug vor den
historischen Exempeln gebühre etc.

Und nunmehr glaube ich meine Meinung von dem
Wesen der Fabel genugsam vorbereitet[60] zu haben. Ich
fasse daher alles zusammen und sage: *Wenn wir einen
allgemeinen moralischen Satz auf einen besondern Fall
zurückführen, diesem besondern Falle die Wirklichkeit
erteilen und eine Geschichte daraus dichten, in welcher
man den allgemeinen Satz anschauend erkennt: so heißt
diese Erdichtung eine Fabel.*

Das ist meine Erklärung, und ich hoffe, daß man sie,
bei der Anwendung, ebenso richtig als fruchtbar finden
wird.

59. »Wahrscheinlich möchte leichtlich einem dieses sein: / Daß vieles
Unwahrscheinliche den Menschen trifft.«
60. In der ersten Auflage stand: verbreitet.

II. VON DEM GEBRAUCHE DER TIERE
IN DER FABEL

Der größte Teil der Fabeln hat Tiere, und wohl noch geringere Geschöpfe, zu handelnden Personen. – Was ist hiervon zu halten? Ist es eine wesentliche Eigenschaft der Fabel, daß die Tiere darin zu moralischen Wesen erhoben werden? Ist es ein Handgriff, der dem Dichter die Erreichung seiner Absicht verkürzt und erleichtert? Ist es ein Gebrauch, der eigentlich keinen ernstlichen Nutzen hat, den man aber, zu Ehren des ersten Erfinders, beibehält, weil er wenigstens *schnakkisch*[61] ist – quod risum movet[62]? Oder was ist es?

Batteux hat diese Fragen entweder gar nicht vorausgesehen, oder er war listig genug, daß er ihnen damit zu entkommen glaubte, wenn er den Gebrauch der Tiere seiner Erklärung sogleich mit *anflickte*. Die Fabel, sagt er, ist die Erzählung einer allegorischen Handlung, *die gemeiniglich den Tieren beigelegt wird*. – Vollkommen à la Françoise! Oder wie der Hahn über die Kohlen[63]! – Warum, möchten wir gerne wissen, warum wird sie gemeiniglich den Tieren beigelegt? Oh, was ein langsamer Deutscher nicht alles fragt!

Überhaupt ist unter allen Kunstrichtern *Breitinger* der einzige, der diesen Punkt berührt hat. Er verdient es also um so viel mehr, daß wir ihn hören. »Weil Aesopus, sagt er, die Fabel zum Unterrichte des gemeinen bürgerlichen Lebens angewendet, so waren seine Lehren meistens ganz bekannte Sätze und Lebensregeln, und also mußte er auch zu den allegorischen Vorstellungen

---

61. närrisch, belustigend; ein niederdt. Wort, das wie ›Schnickschnack‹ (*Emilia Galotti* IV 3) durch Lessing in der Hochsprache verbreitet wurde (vgl. Justus Möser, *Patriotische Phantasien*: „Kaum wagt ein Lessing das Wort ›Schnickschnack‹, ... so empören sich diejenigen, welche die Buchsprache allein gebraucht wissen wollen«).

62. »weil er Lachen erregt«.

63. Lessing behauptet, es sei französische Art, so flüchtig über die Probleme hinwegzueilen, wie der Hahn über glühende Kohlen läuft.

derselben ganz gewohnte Handlungen und Beispiele
aus dem gemeinen[64] Leben der Menschen entlehnen: Da
nun aber die täglichen Geschäfte und Handlungen der
Menschen nichts Ungemeines oder merkwürdig Reizendes an sich haben, so mußte man notwendig auf ein
neues Mittel bedacht sein, auch der allegorischen Erzählung eine anzügliche Kraft und ein reizendes Ansehen
mitzuteilen, um ihr also dadurch einen sichern Eingang
in das menschliche Herz aufzuschließen. Nachdem man
nun wahrgenommen, daß allein das Seltene, Neue und
Wunderbare eine solche erweckende und angenehm ent-
zückende Kraft auf das menschliche Gemüt mit sich führet, so war man bedacht, die Erzählung durch die Neu-
heit und Seltsamkeit der Vorstellungen wunderbar zu
machen und also dem Körper der Fabel eine ungemeine
und reizende Schönheit beizulegen. Die Erzählung bestehet aus zween wesentlichen Hauptumständen, dem
Umstande der Person, und der Sache oder Handlung;
ohne diese kann keine Erzählung Platz haben. Also muß
das Wunderbare, welches in der Erzählung herrschen
soll, sich entweder auf die Handlung selbst oder auf die
Personen, denen selbige zugeschrieben wird, beziehen.
Das Wunderbare, das in den täglichen Geschäften und
Handlungen der Menschen vorkömmt, bestehet vornehmlich in dem Unvermuteten, sowohl in Absicht auf
die Vermessenheit im Unterfangen als die Bosheit oder
Torheit im Ausführen, zuweilen auch in einem ganz un-
erwarteten Ausgange einer Sache: Weil aber dergleichen
wunderbare Handlungen in dem gemeinen Leben der
Menschen etwas Ungewohntes und Seltenes sind, da
hingegen die meisten gewöhnlichen Handlungen gar
nichts Ungemeines oder Merkwürdiges an sich haben,
so sah man sich gemüßiget, damit die Erzählung als der
Körper der Fabel nicht verächtlich würde, derselben

64. allgemeinen, gewöhnlichen.

durch die Veränderung und Verwandlung der Personen einen angenehmen Schein des Wunderbaren mitzuteilen. Da nun die Menschen, bei aller ihrer Verschiedenheit, dennoch überhaupt betrachtet in einer wesentlichen Gleichheit und Verwandtschaft stehen, so besann man sich, Wesen von einer höhern Natur, die man wirklich zu sein glaubte, als Götter und Genios oder solche, die man durch die Freiheit der Dichter zu Wesen erschuf, als die Tugenden, die Kräfte der Seele, das Glück, die Gelegenheit etc. in die Erzählung einzuführen; vornehmlich aber nahm man sich die Freiheit heraus, die Tiere, die Pflanzen und noch geringere Wesen, nämlich die leblosen Geschöpfe, zu der höhern Natur der vernünftigen Wesen zu erheben, indem man ihnen menschliche Vernunft und Rede mitteilte, damit sie also fähig würden, uns ihren Zustand und ihre Begegnisse in einer uns vernehmlichen Sprache zu erklären und durch ihr Exempel von ähnlichen moralischen Handlungen unsre Lehrer abzugeben etc.«[65] –

Breitinger also behauptet, daß die Erreichung des Wunderbaren die Ursache sei, warum man in der Fabel die Tiere und andere niedrigere Geschöpfe reden und vernunftmäßig handeln lasse. Und eben weil er dieses für die Ursache hält, glaubt er, daß die Fabel überhaupt, in ihrem Wesen und Ursprunge betrachtet, nichts anders als ein lehrreiches Wunderbare sei. Diese seine *zweite* Erklärung ist es, welche ich hier, versprochnermaßen[66], untersuchen muß.

Es wird aber bei dieser Untersuchung vornehmlich darauf ankommen, ob die Einführung der Tiere in der Fabel wirklich wunderbar ist. Ist sie es, so hat *Breitinger* viel gewonnen; ist sie es aber nicht, so liegt auch sein ganzes Fabelsystem, mit einmal, über dem Haufen.

Wunderbar soll diese Einführung sein? Das Wunder-

65. *Critische Dichtkunst,* S. 182–185.
66. S. S. 87.

bare, sagt ebendieser Kunstrichter, legt den Schein der
Wahrheit und Möglichkeit ab. Diese anscheinende Unmöglichkeit also gehöret zu dem Wesen des Wunderbaren; und wie soll ich nunmehr jenen Gebrauch der Alten, den sie selbst schon zu einer Regel gemacht hatten,
damit vergleichen? Die Alten nämlich fingen ihre Fabeln am liebsten mit dem Φασι[67] und dem darauf folgenden Klagefalle[68] an. Die griechischen Rhetores nennen
dieses kurz, die Fabel in dem Klagefalle (ταις αιτιατικαις)
vortragen; und *Theon*[69], wenn er in seinen *Vorübungen**35 hierauf kömmt, führet eine Stelle des *Aristoteles*
an, wo der Philosoph diesen Gebrauch billiget und es
zwar deswegen für ratsamer erkläret, sich bei Einführung einer Fabel lieber auf das Altertum zu berufen,
als in der eigenen Person zu sprechen, *damit man den
Anschein, als erzähle man etwas Unmögliches, vermin-
dere* (ινα παραμυθησωνται το δοκειν αδυνατα λεγειν). War
also das der Alten ihre Denkungsart, wollten sie den
Schein der Unmöglichkeit in der Fabel soviel als möglich vermindert wissen: so mußten sie notwendig weit
davon entfernt sein, in der Fabel etwas Wunderbares
zu suchen oder zur Absicht zu haben; denn das Wunderbare muß sich auf diesen Schein der Unmöglichkeit gründen.

Weiter! Das Wunderbare, sagt *Breitinger* an mehr als
einem Orte, sei der höchste Grad des Neuen. Diese Neu-
heit aber muß das Wunderbare, wenn es seine gehörige
Wirkung auf uns tun soll, nicht allein bloß in Ansehung
seiner selbst, sondern auch in Ansehung unsrer Vorstel-

---

*35. Nach der Ausgabe des *Camerarius*, S. 28. [Joachim Camerarius,
dt. Humanist (1500–74), bedeutender Herausgeber und Kommentator
antiker Texte; was von Theons Werk erhalten ist, gab er 1541 in Basel
heraus.]

67. »man sagt«.
68. Gemeint ist die a.c.i.-Konstruktion im Griechischen.
69. Aelios Theon, griech. Rhetor (wohl im 1. Jh. n. Chr.): Περι
προγυμνασματων ›Über Vorübungen [zur Beredsamkeit]‹.

lungen haben. Nur *das* ist wunderbar, was sich sehr selten in der Reihe der natürlichen Dinge eräugnet. Und
nur *das* Wunderbare behält seinen Eindruck auf uns,
dessen Vorstellung in der Reihe unsrer Vorstellungen
ebenso selten vorkömmt. Auf einen fleißigen Bibelleser
wird das größte Wunder, das in der Schrift aufgezeich-
net ist, den Eindruck bei weitem nicht mehr machen,
den es das erstemal auf ihn gemacht hat. Er lieset es
endlich mit ebenso wenigem Erstaunen, daß die Sonne
einmal stillegestanden[70], als er sie täglich auf- und nie-
dergehen sieht. Das Wunder bleibt immer dasselbe; aber
nicht unsere Gemütsverfassung, wenn wir es zu oft denken. – Folglich würde auch die Einführung der Tiere
uns höchstens nur in den ersten Fabeln wunderbar vorkommen; fänden wir aber, daß die Tiere fast in allen
Fabeln sprächen und urteilten, so würde diese Sonder-
barkeit, so groß sie auch an und vor sich selbst wäre,
doch gar bald nichts Sonderbares mehr für uns haben.

Aber wozu alle diese Umschweife? Was sich auf einmal umreißen läßt, braucht man das erst zu erschüt-
tern? – Darum kurz: daß die Tiere, und andere niedrigere Geschöpfe, Sprache und Vernunft haben, wird in
der Fabel vorausgesetzt; es wird angenommen und soll
nichts weniger als wunderbar sein. – Wenn ich in der
Schrift lese*[36]: »Da tat der Herr der Eselin den Mund
auf, und sie sprach zu Bileam etc.«, so lese ich etwas
Wunderbares. Aber wenn ich bei dem *Aesopus* lese*[37]:
Φασιν, οτε·φωνηεντα[71] ην τα ζωα, την οῖν προς τον δεσποτην
ειπειν: »Damals, als die Tiere noch redeten, soll das
Schaf zu seinem Hirten gesagt haben«, so ist es ja wohl
offenbar, daß mir der Fabulist nichts Wunderbares erzählen will, sondern vielmehr etwas, das zu der Zeit,

*36. 4. B. Mos. XXII. 28.
*37. Fab. Aesop. 316 [317].

70. *Josua* X 12 f.
71. in der Editio Hauptmannianae φωνεεντα (p. 254).

die er mit Erlaubnis seines Lesers annimmt, dem gemeinen Laufe der Natur vollkommen gemäß war.

Und das ist so begreiflich, sollte ich meinen, daß ich mich schämen muß, noch ein Wort hinzuzutun. Ich komme vielmehr sogleich auf die wahre Ursache – die ich wenigstens für die wahre halte –, warum der Fabulist die Tiere oft zu seiner Absicht bequemer findet als die Menschen. – Ich setze sie in die *allgemein bekannte Bestandheit der Charaktere*. – Gesetzt auch, es wäre noch so leicht, in der Geschichte ein Exempel zu finden, in welchem sich diese oder jene moralische Wahrheit anschauend erkennen ließe. Wird sie sich deswegen von jedem, ohne Ausnahme, darin erkennen lassen? Auch von dem, der mit den Charakteren der dabei interessierten[72] Personen nicht vertraut ist? Unmöglich! Und wieviel Personen sind wohl in der Geschichte so allgemein bekannt, daß man sie nur nennen dürfte, um sogleich bei einem jeden den Begriff von der ihnen zukommenden Denkungsart und andern Eigenschaften zu erwecken? Die umständliche Charakterisierung daher zu vermeiden, bei welcher es doch noch immer zweifelhaft ist, ob sie bei allen die nämlichen Ideen hervorbringt, war man gezwungen, sich lieber in die kleine Sphäre derjenigen Wesen einzuschränken, von denen man es zuverlässig weiß, daß auch bei den Unwissendsten ihren Benennungen diese und keine andere Idee entspricht. Und weil von diesen Wesen die wenigsten ihrer Natur nach geschickt waren, die Rollen freier Wesen über sich zu nehmen, so erweiterte man lieber die Schranken ihrer Natur und machte sie, unter gewissen wahrscheinlichen Voraussetzungen, dazu geschickt.

Man hört: *Britannicus und Nero*[73]. Wie viele wissen,

---

72. beteiligten.
73. Claudius Tiberius Britannicus Caesar, Sohn des röm. Kaisers Claudius, wurde durch seinen Stiefbruder Nero 55 n. Chr. vergiftet (vgl. Racines Tragödie aus dem Jahr 1669).

was sie hören? Wer war dieser? Wer jener? In welchem
Verhältnisse stehen sie gegeneinander? – Aber man hört:
der Wolf und das Lamm; sogleich weiß jeder, was er
höret, und weiß, wie sich das eine zu dem andern ver-
hält. Diese Wörter, welche stracks ihre gewissen Bilder
in uns erwecken, befördern die anschauende Erkenntnis,
die durch jene Namen, bei welchen auch die, denen sie
nicht unbekannt sind, gewiß nicht alle vollkommen
ebendasselbe denken, verhindert wird. Wenn daher der
Fabulist keine vernünftigen Individua auftreiben kann,
die sich durch ihre bloße Benennungen in unsere Einbildungskraft schildern, so ist es ihm erlaubt, und er hat
Fug und Recht, dergleichen unter den Tieren oder unter noch geringern Geschöpfen zu suchen. Man setze in
der Fabel von dem Wolfe und dem Lamme, anstatt des
Wolfes den *Nero*, anstatt des Lammes den *Britannicus*,
und die Fabel hat auf einmal alles verloren, was sie zu
einer Fabel für das ganze menschliche Geschlecht macht.
Aber man setze anstatt des Lammes und des Wolfes den
Riesen und den *Zwerg*[74], und sie verlieret schon weniger; denn auch der *Riese* und der *Zwerg* sind Individua,
deren Charakter, ohne weitere Hinzutuung, ziemlich
aus der Benennung erhellet. Oder man verwandle sie
lieber gar in folgende menschliche Fabel: »Ein Priester
kam zu dem armen Manne des Propheten*[38] und sagte:
Bringe dein weißes Lamm vor den Altar, denn die Götter fordern ein Opfer. Der Arme erwiderte: mein Nachbar hat eine zahlreiche Herde, und ich habe nur das einzige Lamm. Du hast aber den Göttern ein Gelübde
getan, versetzte dieser, weil sie deine Felder gesegnet. –
Ich habe kein Feld, war die Antwort. – Nun so war es

---

*38. 2. B. Samuelis XII. [Lessing hat das schlichte Gleichnis des Pro-
pheten Nathan im folgenden zu einer Fabel ausgestaltet.]

74. Anspielung auf eine Fabel Magnus Gottfried Lichtwers (1719–83):
Vier Bücher Aesopischer Fabeln in gebundener Schreib-Art (Leipzig 1748),
I 17.

damals, als sie deinen Sohn von seiner Krankheit gene-
sen ließen – Oh, sagte der Arme, die Götter haben ihn
selbst zum Opfer hingenommen. Gottloser! zürnte der
Priester, du lästerst! und riß das Lamm aus seinem
Schoße etc.« – – Und wenn in dieser Verwandlung die
Fabel noch weniger verloren hat, so kömmt es bloß daher, weil man mit dem Worte *Priester* den Charakter
der Habsüchtigkeit, leider, noch weit geschwinder verbindet als den Charakter der Blutdürstigkeit mit dem
Worte *Riese* und durch den *armen Mann des Propheten* die Idee der unterdrückten Unschuld noch leichter
erregt wird als durch den *Zwerg.* – Der beste Abdruck
dieser Fabel, in welchem sie ohne Zweifel am allerwe-
nigsten verloren hat, ist die Fabel von der *Katze* und
dem *Hahne*[*39]. Doch weil man auch hier sich das Verhältnis der *Katze* gegen den *Hahn* nicht so geschwind
denkt als dort das Verhältnis des *Wolfes* zum *Lamme*,
so sind diese noch immer die allerbequemsten Wesen,
die der Fabulist zu seiner Absicht hat wählen können.

Der Verfasser der oben angeführten *Critischen Briefe*[75] ist mit *Breitingern* einerlei Meinung und sagt unter
andern, in der erdichteten Person des *Hermann Axels*[*40]:
»Die Fabel bekömmt durch diese sonderbare Personen
ein wunderliches Ansehen. Es wäre keine ungeschickte
Fabel, wenn man dichtete: Ein Mensch sah auf einem
hohen Baume die schönsten Birnen hangen, die seine
Lust, davon zu essen, mächtig reizeten. Er bemühte
sich lange, auf denselben hinaufzuklimmen, aber es war
umsonst, er mußte es endlich aufgeben. Indem er weg-
ging, sagte er: Es ist mir gesunder, daß ich sie noch län-

*39. Fab. Aesop. 6 [14].
*40. S. 166.

75. S. S. 98; im neunten und zehnten der *Critischen Briefe* führt Bodmer lobend den Fabeldichter »Hermann Axel« an, der niemand anders als
Bodmer selbst ist (vgl. den 127. Literaturbrief).

ger stehenlasse, sie sind doch noch nicht zeitig genug.
Aber dieses Geschichtchen reizet nicht stark genug; es
ist zu platt etc.« – Ich gestehe es *Hermann Axeln* zu;
das Geschichtchen ist sehr platt und verdienet nichts
weniger als den Namen einer guten Fabel. Aber ist es
bloß deswegen so platt geworden, weil kein *Tier* darin
redet und handelt? Gewiß nicht; sondern es ist es dadurch geworden, weil er das Individuum, den Fuchs, mit
dessen bloßem Namen wir einen gewissen Charakter
verbinden, aus welchem sich der Grund von der ihm
zugeschriebenen Handlung angeben läßt, in ein anders
Individuum verwandelt hat, dessen Name keine Idee
eines bestimmten Charakters in uns erwecket. »Ein
Mensch!« Das ist ein viel zu allgemeiner Begriff für die
Fabel. An was für eine Art von Menschen soll ich dabei denken? Es gibt deren so viele! Aber »ein Fuchs!«
Der Fabulist weiß nur von *einem* Fuchse, und sobald
er mir das Wort nennt, fallen auch meine Gedanken
sogleich nur auf *einen* Charakter. Anstatt des Menschen
überhaupt hätte *Hermann Axel* also wenigstens einen
Gasconier[76] setzen müssen. Und alsdenn würde er wohl
gefunden haben, daß die Fabel, durch die *bloße* Weg-
lassung des *Tieres*, so viel eben nicht verlöre, besonders
wenn er in dem nämlichen Verhältnisse auch die übrigen
Umstände geändert und den *Gasconier* nach etwas mehr
als nach Birnen lüstern gemacht hätte.

   Da also die allgemein bekannten und unveränderlichen Charaktere der Tiere die eigentliche Ursache sind,
warum sie der Fabulist zu moralischen Wesen erhebt,
so kömmt mir es sehr sonderbar vor, wenn man es *einem*
zum besondern Ruhme machen will, »daß der Schwan
in seinen Fabeln nicht singe, noch der Pelikan[77] sein Blut

---

76. Anspielung auf den angeblichen Volkscharakter der Gaskogner, die
man für ehrgeizig und aufschneiderisch hielt; ›Gaskonade‹ ist eine ver-
altete Bezeichnung für Prahlerei.
77. Vgl. die Fabel I 25.

für seine Jungen vergieße«[*41]. – Als ob man in den Fabelbüchern die Naturgeschichte studieren sollte! Wenn dergleichen Eigenschaften allgemein bekannt sind, so sind sie wert, gebraucht zu werden, der Naturalist[78] mag sie bekräftigen oder nicht. Und derjenige, der sie uns, es sei durch seine Exempel oder durch seine Lehre, aus den Händen spielen will, der nenne uns erst andere Individua, von denen es bekannt ist, daß ihnen die nämlichen Eigenschaften in der Tat zukommen.

Je tiefer wir auf der Leiter der Wesen herabsteigen, desto seltner kommen uns dergleichen allgemein bekannte Charaktere vor. Dieses ist denn auch die Ursache, warum sich der Fabulist so selten in dem Pflanzenreiche, noch seltner in dem Steinreiche und am allerseltensten vielleicht unter den Werken der Kunst finden läßt. Denn daß es deswegen geschehen sollte, weil es stufenweise immer unwahrscheinlicher werde, daß diese geringern Werke der Natur und Kunst empfinden, denken und sprechen könnten, will mir nicht ein. Die Fabel von dem ehernen und dem irdenen Topfe[79] ist nicht um ein Haar schlechter oder unwahrscheinlicher als die beste Fabel z. E. von einem Affen, so nahe auch dieser dem Menschen verwandt ist, und so unendlich weit jene von ihm abstehen.

Indem ich aber die Charaktere der Tiere zur eigentlichen Ursache ihres vorzüglichen Gebrauchs in der Fabel mache, will ich nicht sagen, daß die Tiere dem Fabulisten sonst zu weiter gar nichts nützten. Ich weiß es sehr wohl, daß sie unter andern in der *zusammengesetzten Fabel*[80] das Vergnügen der Vergleichung um ein großes vermehren, welches alsdenn kaum merklich

---

*41. Man sehe die kritische Vorrede zu M. v. K. neuen Fabeln. [*Ein halbes Hundert neuer Fabeln* des Zürcher Dichters Johann Ludwig Meyer von Knonau (1705–85) erschien 1744 mit einer Vorrede Bodmers.]

78. Naturforscher; vgl. die zweite Fabel des Anhangs.
79. Anspielung auf La Fontaines Fabel V 2.
80. Vgl. etwa Lessings Fabeln I 4, 6, 7 usw.

ist, wenn, sowohl der wahre als der erdichtete einzelne
Fall, beide aus handelnden Personen von einerlei Art,
aus Menschen, bestehen. Da aber dieser Nutzen, wie
gesagt, nur in der *zusammengesetzten Fabel* stattfindet,
so kann er die Ursache nicht sein, warum die Tiere auch
in der *einfachen Fabel*, und also in der Fabel überhaupt,
dem Dichter sich gemeiniglich mehr empfehlen als die
Menschen.

Ja, ich will es wagen, den Tieren und andern geringern Geschöpfen in der Fabel noch einen Nutzen zu-
zuschreiben, auf welchen ich vielleicht durch Schlüsse
nie gekommen wäre, wenn mich nicht mein Gefühl darauf gebracht hätte. Die Fabel hat unsere klare und le-
bendige Erkenntnis eines moralischen Satzes zur Absicht. Nichts verdunkelt unsere Erkenntnis mehr als die
Leidenschaften. Folglich muß der Fabulist die Erregung
der Leidenschaften soviel als möglich vermeiden. Wie
kann er aber anders z. B. die Erregung des Mitleids vermeiden, als wenn er die Gegenstände desselben unvoll-
kommener macht und anstatt der Menschen Tiere oder
noch geringere Geschöpfe annimmt? Man erinnere sich
noch einmal der Fabel von dem *Wolfe und Lamme*, wie
sie oben[81] in die Fabel von dem *Priester und dem armen Manne des Propheten* verwandelt worden. Wir
haben Mitleiden mit dem Lamme; aber dieses Mitleiden
ist so schwach, daß es unserer anschauenden Erkenntnis
des moralischen Satzes keinen merklichen Eintrag tut.
Hingegen wie ist es mit dem armen Manne? Kömmt es
mir nur so vor, oder ist es wirklich wahr, daß wir mit
diesem viel zuviel Mitleiden haben und gegen den Priester viel zuviel Unwillen empfinden, als daß die anschauende Erkenntnis des moralischen Satzes hier ebenso klar sein könnte, als sie dort ist?

81. S. S. 111 f.

III. VON DER EINTEILUNG DER FABELN

Die Fabeln sind verschiedener Einteilungen fähig. Von einer, die sich aus der verschiednen Anwendung derselben ergibt, habe ich gleich anfangs[82] geredet. Die Fabeln nämlich werden entweder bloß auf einen allgemeinen moralischen Satz angewendet und heißen *einfache* Fabeln, oder sie werden auf einen wirklichen Fall angewendet, der mit der Fabel unter einem und ebendemselben moralischen Satze enthalten ist, und heißen *zusammengesetzte* Fabeln. Der Nutzen dieser Einteilung hat sich bereits an mehr als einer Stelle gezeiget.

Eine andere Einteilung würde sich aus der verschiednen Beschaffenheit des moralischen Satzes herholen lassen. Es gibt nämlich moralische Sätze, die sich besser in einem einzeln Falle ihres Gegenteils als in einem einzeln Falle, der unmittelbar unter ihnen begriffen ist, anschauend erkennen lassen. Fabeln also, welche den moralischen Satz in einem einzeln Falle des Gegenteils zur Intuition bringen, würde man vielleicht *indirekte* Fabeln, so wie die andern *direkte* Fabeln nennen können.

Doch von diesen Einteilungen ist hier nicht die Frage; noch viel weniger von jener unphilosophischen Einteilung nach den verschiedenen Erfindern oder Dichtern, die sich einen vorzüglichen Namen damit gemacht haben. Es hat den Kunstrichtern gefallen, ihre gewöhnliche Einteilung der Fabel von einer Verschiedenheit herzunehmen, die mehr in die Augen fällt; von der Verschiedenheit nämlich der darin handelnden Personen. Und diese Einteilung ist es, die ich hier näher betrachten will.

Aphthonius[83] ist ohne Zweifel der älteste Skribent, der ihrer erwähnet. Τοῦ δε μυθου, sagt er in seinen Vor-

---

82. S. S. 68.

83. Rhetor in Antiochia um 400 n. Chr.; wie Theon (vgl. S. 108, Anm. 69) Verfasser von Προγυμνασματα; unter seinem Namen sind achtzig Fabeln überliefert. – Das anschließende Zitat findet sich in der Einleitung zur Editio Hauptmannianae, p. [13].

übungen, το μεν εστι λογικον, το δε ηθικον, το δε μικτον.
Και λογικον μεν εν ᾧ τι ποιων ανθρωπος πεπλασται: ηθικον
δε το των αλογων ηθος απομιμουμενον: μικτον δε το εξ[84]
αμφοτερων αλογου και λογικου. Es gibt drei Gattungen
von Fabeln, die *vernünftige*, in welcher der Mensch die
handelnde Person ist, die *sittliche*, in welcher unvernünftige Wesen aufgeführet werden, die *vermischte*,
in welcher sowohl unvernünftige als vernünftige Wesen
vorkommen. – Der Hauptfehler dieser Einteilung, welcher sogleich einem jeden in die Augen leuchtet, ist der,
daß sie das nicht erschöpft, was sie erschöpfen sollte.
Denn wo bleiben diejenigen Fabeln, die aus Gottheiten
und allegorischen Personen bestehen? *Aphthonius* hat
die *vernünftige* Gattung ausdrücklich auf den einzigen[85]
Menschen eingeschränkt. Doch wenn diesem Fehler auch
abzuhelfen wäre, was kann dem ohngeachtet roher und
mehr von der obersten Fläche abgeschöpft sein als diese
Einteilung? Öffnet sie uns nur auch die geringste freiere
Einsicht in das Wesen der Fabel?

Batteux würde daher ohne Zweifel ebenso wohl getan haben, wenn er von der Einteilung der Fabel gar
geschwiegen hätte, als daß er uns mit jener kahlen aphthonianischen abspeisen will. Aber was wird man vollends von ihm sagen, wenn ich zeige, daß er sich hier auf
einer kleinen Tücke treffen läßt? Kurz zuvor sagt er
unter andern von den Personen der Fabel: »Man hat
hier nicht allein den Wolf und das Lamm, die Eiche
und das Schilf[86], sondern auch den eisernen und den
irdenen Topf ihre Rollen spielen sehen. Nur der *Herr
Verstand* und das *Fräulein Einbildungskraft* und alles,
was ihnen ähnlich siehet, sind von diesem Theater ausgeschlossen worden, weil es ohne Zweifel schwerer ist,
diesen bloß geistigen Wesen einen charaktermäßigen

---

84. fehlt in der Editio Hauptmannianae.
85. einzig, allein auf den Menschen eingeschränkt.
86. La Fontaines Fabel I 22.

Körper zu geben, als Körpern, die einige Analogie mit
unsern Organen haben, Geist und Seele zu geben.«[*42] –
Merkt man, wider wen dieses geht? Wider den *de La
Motte,* der sich in seinen Fabeln der allegorischen Wesen
sehr häufig bedienet. Da dieses nun nicht nach dem Geschmacke unsers oft mehr eckeln[87] als feinen Kunstrich-
ters war, so konnte ihm die aphthonianische mangelhafte
Einteilung der Fabel nicht anders als willkommen sein,
indem es durch sie stillschweigend gleichsam zur Regel
gemacht wird, daß die Gottheiten und allegorischen
Wesen gar nicht in die aesopische Fabel gehören. Und
diese Regel eben möchte *Batteux* gar zu gern festsetzen,
ob er sich gleich nicht getrauet, mit ausdrücklichen Worten darauf zu dringen. Sein System von der Fabel kann
auch nicht wohl ohne sie bestehen. »Die aesopische Fabel, sagt er[88], ist, eigentlich zu reden, das Schauspiel der
Kinder; sie unterscheidet sich von den übrigen nur durch
die Geringfügigkeit und Naivität ihrer spielenden Personen. Man sieht auf diesem Theater keinen Cäsar, keinen Alexander: aber wohl die Fliege und die Ameise
etc.« – Freilich, diese Geringfügigkeit der spielenden
Personen vorausgesetzt, konnte *Batteux* mit den höhern
poetischen Wesen des *de La Motte* unmöglich zufrieden
sein. Er verwarf sie also, ob er schon einen guten Teil
der besten Fabeln des Altertums zugleich mit verwerfen mußte, und zog sich, um den kritischen Anfällen
deswegen weniger ausgesetzt zu sein, unter den Schutz
der mangelhaften Einteilung des *Aphthonius.* Gleich
als ob *Aphthonius* der Mann wäre, der alle Gattungen
von Fabeln, die in seiner Einteilung nicht Platz haben,
eben dadurch verdammen könnte! Und diesen Mißbrauch einer erschlichenen Autorität, nenne ich eben die

---

*42. Nach der Ramlerschen Übersetzung, S. 244 [vgl. S. 87, Anm. 31].

87. Das ursprünglich niederdt. Adjektiv bedeutet hier noch (wie im
Dänischen ›ekkel‹) heikel, wählerisch.

88. Batteux, l.c. (vgl. Anm. 31), S. 243.

kleine Tücke, deren sich *Batteux* in Ansehung des *de La Motte* hier schuldig gemacht hat.

Wolf[*43] hat die Einteilung des *Aphthonius* gleichfalls beibehalten, aber einen weit edlern Gebrauch davon gemacht. Diese Einteilung in *vernünftige* und *sittliche* Fabeln, meinet er, klinge zwar ein wenig sonderbar; denn man könnte sagen, daß eine jede Fabel sowohl eine vernünftige als eine sittliche Fabel wäre. *Sittlich* nämlich sei eine jede Fabel insofern als sie einer sittlichen Wahrheit zum Besten erfunden worden, und *vernünftig* insofern, als diese sittliche Wahrheit der Vernunft gemäß ist. Doch da es einmal gewöhnlich sei, diesen Worten hier eine andere Bedeutung zu geben, so wolle er keine Neuerung machen. *Aphthonius* habe übrigens bei seiner Einteilung die Absicht gehabt, die Verschiedenheit der Fabeln ganz zu erschöpfen, und mehr nach dieser Absicht als nach den Worten, deren er sich dabei bedient habe, müsse sie beurteilt werden. Absit enim, sagt er – und oh, wenn alle Liebhaber der Wahrheit so billig dächten! –, absit, ut negemus accurate cogitasse, qui non satis accurate loquuntur. Puerile est, erroris redarguere eum, qui ab errore immunem possedit animum, propterea quod parum apta succurrerint verba, quibus mentem suam exprimere poterat.[89] Er behält daher die Benennungen der aphthonianischen Einteilung bei und weiß die Wahrheit, die er nicht darin gefunden, so scharfsinnig hineinzulegen, daß sie das vollkommene Ansehen einer richtigen philosophischen Einteilung bekömmt. »Wenn wir Begebenheiten erdichten, sagt er, so legen wir entweder den Subjekten solche Handlungen und Leidenschaften, überhaupt solche Prädikate bei als

*43. Philosoph. practicae universalis pars post. § 303.

89. »Wir sind weit entfernt, zu behaupten, daß die nicht richtig gedacht haben, die sich nicht richtig genug ausdrücken. Denn es ist kindisch, den wegen seines Irrtums zu tadeln, der in seinem Geist keinen Irrtum beging, dem aber nur die geeigneten Worte nicht zu Gebote standen, mit denen er seine Gedanken hätte ausdrücken können.«

ihnen zukommen, oder wir legen ihnen solche bei, die
ihnen nicht zukommen. In dem ersten Falle heißen es
vernünftige Fabeln, in dem andern *sittliche* Fabeln, und
vermischte Fabeln heißen es, wenn sie etwas sowohl
von der Eigenschaft der sittlichen als vernünftigen Fabel haben.«

Nach dieser Wolfischen Verbesserung also, beruhet
die Verschiedenheit der Fabel nicht mehr auf der bloßen
Verschiedenheit der Subjekte, sondern auf der Verschiedenheit der Prädikate, die von diesen Subjekten gesagt
werden. Ihr zufolge kann eine Fabel Menschen zu handelnden Personen haben und dennoch keine *vernünftige*
Fabel sein, so wie sie eben nicht notwendig eine *sittliche*
Fabel sein muß, weil Tiere in ihr aufgeführt werden.
Die oben angeführte Fabel von den *zwei kämpfenden
Hähnen*[90] würde nach den Worten des *Aphthonius* eine
sittliche Fabel sein, weil sie die Eigenschaften und das
Betragen gewisser Tiere nachahmet; wie hingegen *Wolf*
den *Sinn* des *Aphthonius* genauer bestimmt hat, ist sie
eine *vernünftige* Fabel, weil nicht das geringste von den
Hähnen darin gesagt wird, was ihnen nicht eigentlich
zukäme. So ist es mit mehrern: Z. E. der Vogelsteller
und die Schlange[*44], der Hund und der Koch[*45], der
Hund und der Gärtner[*46], der Schäfer und der Wolf[*47]:
lauter Fabeln, die nach der gemeinen Einteilung unter
die *sittlichen* und *vermischten*, nach der verbesserten
aber unter die *vernünftigen* gehören.

Und nun? Werde ich es bei dieser Einteilung unsers
Weltweisen können bewenden lassen? Ich weiß nicht.
Wider ihre logikalische[91] Richtigkeit habe ich nichts zu
erinnern; sie erschöpft alles, was sie erschöpfen soll.

*44. Fab. Aesop. 32 [171].
*45. Fabul. Aesop. 34 [232].
*46. Fab. Aesop. 67 [192].
*47. Fab. Aesop. 71 [374].

90. S. S. 88.
91. logische.

Aber man kann ein guter Dialektiker[92] sein, ohne ein
Mann von Geschmack zu sein; und das letzte war *Wolf*,
leider, wohl nicht. Wie, wenn es auch ihm hier so ge-
gangen wäre, als er es von dem *Aphthonius* vermutet,
daß er zwar richtig gedacht, aber sich nicht so vollkommen gut ausgedrückt hätte, als es besonders die Kunstrichter wohl verlangen dürften? Er redet von Fabeln,
in welchen den Subjekten Leidenschaften und Handlungen, überhaupt Prädikate, beigelegt werden, deren
sie nicht fähig sind, die ihnen nicht zukommen. Dieses
Nicht-Zukommen kann einen übeln Verstand machen[93].
Der Dichter, kann man daraus schließen, ist also nicht
gehalten, auf die Naturen der Geschöpfe zu sehen, die
er in seinen Fabeln aufführet? Er kann das Schaf ver-
wegen, den Wolf sanftmütig, den Esel feurig vorstellen;
er kann die Tauben als Falken brauchen und die Hunde
von den Hasen jagen lassen. Alles dieses kömmt ihnen
nicht zu; aber der Dichter macht eine *sittliche* Fabel,
und er darf es ihnen beilegen. – Wie nötig ist es, dieser
gefährlichen Auslegung, diesen mit einer Überschwem-
mung der abgeschmacktesten Märchen[94] drohenden Folgerungen vorzubauen!

Man erlaube mir also, mich auf meinen eigenen Weg
wieder zurückzuwenden. Ich will den Weltweisen so
wenig als möglich aus dem Gesichte verlieren; und vielleicht kommen wir, am Ende der Bahn, zusammen. –
Ich habe gesagt und glaube es erwiesen zu haben, daß
auf der Erhebung des einzeln Falles zur Wirklichkeit
der wesentliche Unterschied der *Parabel,* oder des
Exempels überhaupt, und der *Fabel* beruhet. Diese
Wirklichkeit ist der Fabel so unentbehrlich, daß sie sich
eher von ihrer Möglichkeit als von jener etwas abbre-
chen läßt. Es streitet minder mit ihrem Wesen, daß ihr

92. jemand, der gedankliche Kunstgriffe beherrscht.
93. kann Mißverständnisse bewirken.
94. Genitivus subiectivus (›von Märchen‹).

einzelner Fall nicht schlechterdings *möglich* ist, daß er
nur nach gewissen Voraussetzungen, unter gewissen
Bedingungen *möglich* ist, als daß er nicht als *wirklich*
vorgestellt werde. In Ansehung dieser Wirklichkeit
folglich ist die Fabel keiner Verschiedenheit fähig, wohl
aber in Ansehung ihrer Möglichkeit, welche sie ver-
änderlich zu sein erlaubt. Nun ist, wie gesagt, diese
Möglichkeit entweder eine unbedingte oder bedingte
Möglichkeit; der einzelne Fall der Fabel ist entweder
schlechterdings möglich, oder er ist es nur nach gewissen
Voraussetzungen, unter gewissen Bedingungen. Die Fabeln also, deren einzelner Fall schlechterdings möglich
ist, will ich (um gleichfalls bei den alten Benennungen
zu bleiben) *vernünftige* Fabeln nennen; Fabeln hingegen, wo er es nur nach gewissen Voraussetzungen ist,
mögen *sittliche* heißen. Die *vernünftigen* Fabeln leiden
keine fernere Unterabteilung, die *sittlichen* aber leiden
sie. Denn die Voraussetzungen betreffen entweder die
Subjekte der Fabel oder die Prädikate dieser Subjekte:
der Fall der Fabel ist entweder möglich, vorausgesetzt,
daß diese und jene Wesen existieren, oder er ist es, vorausgesetzt, daß diese und jene wirklich existierende
Wesen (nicht *andere* Eigenschaften als ihnen zukommen; denn sonst würden sie zu anderen Wesen werden,
sondern) die ihnen wirklich zukommenden Eigenschaften in einem *höhern Grade,* in einem weitern Umfange
besitzen. Jene Fabeln, worin die Subjekte vorausgesetzt
werden, wollte ich *mythische* Fabeln nennen, und
diese, worin nur *erhöhtere* Eigenschaften wirklicher
Subjekte angenommen werden, würde ich, wenn ich
das Wort anders wagen darf, *hyperphysische* Fabeln
nennen. –

Ich will diese meine Einteilung noch durch einige Beispiele erläutern. Die Fabeln, der Blinde und der Lahme,
die zwei kämpfenden Hähne, der Vogelsteller und die
Schlange, der Hund und der Gärtner, sind lauter *ver-*

nünftige Fabeln, obschon bald lauter Tiere, bald Menschen und Tiere darin vorkommen; denn der darin enthaltene Fall ist schlechterdings möglich, oder mit *Wolfen* zu reden, es wird den Subjekten nichts darin beigelegt, was ihnen nicht zukomme. – Die Fabeln, Apollo und Jupiter*48, Herkules und Plutus*49, die verschiedene Bäume in ihren besondern Schutz nehmenden Götter*50, kurz, alle Fabeln, die aus Gottheiten, aus allegorischen Personen, aus Geistern und Gespenstern, aus andern erdichteten Wesen, dem Phönix z. E., bestehen, sind *sittliche* Fabeln, und zwar *mythisch sittliche*; denn es wird darin vorausgesetzt, daß alle diese Wesen existieren oder existieret haben, und der Fall, den sie enthalten, ist nur unter dieser Voraussetzung möglich. – Der Wolf und das Lamm*51, der Fuchs und der Storch*52, die Natter und die Feile*53, die Bäume und der Dornstrauch*54, der Ölbaum und das Rohr*55 etc. sind gleichfalls *sittliche,* aber *hyperphysisch sittliche* Fabeln; denn die Natur dieser wirklichen Wesen wird erhöhet, die Schranken ihrer Fähigkeiten werden erweitert. Eines muß ich hierbei erinnern! Man bilde sich nicht ein, daß diese Gattung von Fabeln sich bloß auf die Tiere und andere geringere Geschöpfe einschränke: der Dichter kann auch die Natur des *Menschen* erhöhen und die Schranken seiner Fähigkeiten erweitern. Eine Fabel z. E. von einem *Propheten* würde eine *hyperphysisch sittliche* Fabel sein; denn die Gabe zu prophezeien, kann dem Menschen bloß nach einer erhöhtern Natur zukommen. Oder wenn man die Er-

---

*48. Fab. Aesop. 187 [151 – vgl. Lessings Fabel II 12].
*49. Phaedrus libr. IV. Fab. 11 [12 – vgl. Lessings Fabel II 2].
*50. Phaedrus libr. III. Fab. 15 [17].
*51. Phaedrus libr. I. Fab. 1.
*52. Phaedrus libr. I. Fab. 25 [26].
*53. Phaedrus libr. IV. Fab. 7 [8].
*54. Fab. Aesop. 313 [von Halm nicht als aesopische Fabel aufgeführt; vgl. *Buch der Richter* IX 8–15].
*55. Fabul. Aesop. 143 [179, b].

zählung von den himmelstürmenden Riesen[95] als eine
aesopische Fabel behandeln und sie dahin verändern
wollte, daß ihr unsinniger Bau von Bergen auf Bergen
endlich von selbst zusammenstürzte und sie unter den
Ruinen begrübe: so würde keine andere als eine *hyperphysisch sittliche* Fabel daraus werden können.

Aus den zwei Hauptgattungen, der *vernünftigen*
und *sittlichen* Fabel, entstehet auch bei mir eine *vermischte* Gattung, wo nämlich der Fall zum Teil schlechterdings, zum Teil nur unter gewissen Voraussetzungen
möglich ist. Und zwar können dieser *vermischten* Fabeln dreierlei sein; die *vernünftig mythische* Fabel, als
Herkules und der Kärrner[*56], der arme Mann und der
Tod[*57], die *vernünftig hyperphysische* Fabel, als der
Holzschläger und der Fuchs[*58], der Jäger und der
Löwe[*59]; und endlich die *hyperphysisch mythische* Fabel, als Jupiter und das Kamel[*60], Jupiter und die
Schlange[*61] etc.

Und diese Einteilung erschöpft die Mannigfaltigkeit
der Fabeln ganz gewiß, ja man wird, hoffe ich, keine
anführen können, deren Stelle ihr zufolge zweifelhaft
bleibe, welches bei allen andern Einteilungen geschehen
muß, die sich bloß auf die Verschiedenheit der handelnden Personen beziehen. Die *Breitingersche* Einteilung
ist davon nicht ausgeschlossen, ob *er* schon dabei die
Grade des Wunderbaren zum Grunde gelegt hat. Denn
da bei ihm die Grade des Wunderbaren, wie wir gesehen
haben, größtenteils auf die Beschaffenheit der handelnden Personen ankommen, so klingen seine Worte nur

*56. Fabul. Aesop. 336 [81].
*57. Fabul. Aesop. 20 [90, b].
*58. Fabul. Aesop. 127 [35].
*59. Fabul. Aesop. 280 [403].
*60. Fabul. Aesop. 197 [184].
*61. Fabul. Aesop. 189 [153].

95. Anspielung auf die Giganten der antiken Mythologie, die den
Pelion auf den Ossa türmten, um den Olymp zu erstürmen.

gründlicher, und er ist in der Tat in die Sache nichts tiefer eingedrungen. »Das Wunderbare der Fabel, sagt er[96], hat seine verschiedene Grade – Der niedrigste Grad des Wunderbaren findet sich in derjenigen Gattung der Fabeln, in welchen ordentliche Menschen aufgeführet werden – Weil in denselben das Wahrscheinliche über das Wunderbare weit die Oberhand hat, so können sie mit Fug *wahrscheinliche* oder in Absicht auf die Personen *menschliche* Fabeln benennet werden. Ein mehrerer Grad des Wunderbaren äußert sich in derjenigen Klasse der Fabeln, in welchen ganz andere als menschliche Personen aufgeführet werden. – Diese sind entweder von einer vortrefflichern und höhern Natur als die menschliche ist, z. E. die heidnischen Gottheiten – oder sie sind in Ansehung ihres Ursprungs und ihrer natürlichen Geschicklichkeit von einem geringern Rang als die Menschen, als z. E. die Tiere, Pflanzen etc. – Weil in diesen Fabeln das Wunderbare über das Wahrscheinliche nach verschiedenen Graden herrschet, werden sie deswegen nicht unfüglich *wunderbare* und in Absicht auf die Personen entweder *göttliche* oder *tierische* Fabeln genennt –« Und die Fabel von den zwei Töpfen, die Fabel von den Bäumen und dem Dornstrauche? Sollen die auch *tierische* Fabeln heißen? Oder sollen sie und ihresgleichen eigne Benennungen erhalten? Wie sehr wird diese Namenrolle anwachsen, besonders wenn man auch alle Arten der vermischten Gattung benennen sollte! Aber ein Exempel zu geben, daß man, nach dieser *Breitingerschen* Einteilung, oft zweifelhaft sein kann, zu welcher Klasse man diese oder jene Fabel rechnen soll, so betrachte man die schon angeführte Fabel von dem Gärtner und seinem Hunde oder die noch bekanntere von dem Ackersmanne und der Schlange[97]; aber nicht

96. *Critische Dichtkunst*, S. 186–188.
97. Fabul. Aesop. 170 [97]. Phaedrus libr. IV. Fab. 19; vgl. Lessings Fabel II 3.

so, wie sie *Phaedrus* erzählet, sondern wie sie unter den
griechischen Fabeln vorkömmt. Beide haben einen so
geringen Grad des Wunderbaren, daß man sie notwendig zu den wahrscheinlichen, das ist *menschlichen* Fabeln, rechnen müßte. In beiden aber kommen auch
Tiere vor; und in Betrachtung dieser würden sie zu den
vermischten Fabeln gehören, in welchen das Wunderbare weit mehr über das Wahrscheinliche herrscht als
in jenen. Folglich würde man erst ausmachen müssen,
ob die Schlange und der Hund hier als handelnde Personen der Fabel anzusehen wären oder nicht, ehe man
der Fabel selbst ihre Klasse anweisen könnte.

Ich will mich bei diesen Kleinigkeiten nicht länger
aufhalten, sondern mit einer Anmerkung schließen, die
sich überhaupt auf die *hyperphysischen* Fabeln bezie-
het und die ich, zur richtigern Beurteilung einiger von
meinen eigenen Versuchen, nicht gern anzubringen vergessen möchte. – Es ist bei dieser Gattung von Fabeln
die Frage, *wie weit* der Fabulist die Natur der Tiere
und andrer niedrigern Geschöpfe erhöhen und *wie nahe*
er sie der menschlichen Natur bringen dürfe? Ich ant-
worte kurz: so weit und so nahe er immer will. Nur
mit der einzigen Bedingung, daß aus allem, was er sie
denken, reden und handeln läßt, der Charakter her-
vorscheine, um dessen willen er sie seiner Absicht bequemer fand als alle andere Individua. Ist dieses, denken, reden und tun sie durchaus nichts, was ein ander
Individuum von einem andern oder gar ohne Charakter ebensogut denken, reden und tun könnte: so wird
uns ihr Betragen im geringsten nicht befremden, wenn
es auch noch soviel Witz, Scharfsinnigkeit und Vernunft
voraussetzt. Und wie könnte es auch? Haben wir ihnen
einmal Freiheit und Sprache zugestanden, so müssen
wir ihnen zugleich alle Modifikationen des Willens und
alle Erkenntnisse zugestehen, die aus jenen Eigenschaften folgen können, auf welchen unser Vorzug vor ihnen

einzig und allein beruhet. Nur ihren Charakter, wie gesagt, müssen wir durch die ganze Fabel finden; und finden wir diesen, so erfolgt die Illusion, daß es wirkliche Tiere sind, ob wir sie gleich reden hören und ob sie gleich noch so feine Anmerkungen, noch so scharfsinnige Schlüsse machen. Es ist unbeschreiblich, wieviel Sophismata non causae ut causae[98] die Kunstrichter in dieser Materie gemacht haben. Unter andern der Verfasser der *Critischen Briefe,* wenn er von seinem *Hermann Axel* sagt: »Daher schreibt er auch den unvernünftigen Tieren, die er aufführt, niemals eine Reihe von Anschlägen zu, die in einem System, in einer Verknüpfung stehen und zu einem Endzwecke von weitem her angeordnet sind. Denn dazu gehöret eine Stärke der Vernunft, welche über den Instinkt ist. Ihr Instinkt gibt nur flüchtige und dunkle Strahlen einer Vernunft von sich, die sich nicht lange emporhalten kann. Aus dieser Ursache werden diese Fabeln mit Tierpersonen ganz kurz und bestehen nur aus einem sehr einfachen Anschlage oder Anliegen. Sie reichen nicht zu, einen menschlichen Charakter in mehr als einem Lichte vorzustellen; ja der Fabulist muß zufrieden sein, wenn er nur einen Zug eines Charakters vorstellen kann. Es ist eine ausschweifende Idee des Pater *Bossu*[99], daß die aesopische Fabel sich in dieselbe Länge wie die epische Fabel ausdehnen lasse. Denn das kann nicht geschehen, es sei denn, daß man die Tiere nichts von den Tieren behalten lasse, sondern sie in Menschen verwandle, welches nur in possierlichen Gedichten angehet, wo man die Tiere mit gewissem Vorsatz in Masken aufführet und die Verrichtungen der Menschen nachäffen läßt etc.« — Wie sonderbar ist hier das aus dem Wesen der Tiere hergeleitet, was der Kunstrichter aus dem

---

98. »Spitzfindigkeiten, die aus einem Nichtgrund eine Begründung machen«.
99. René Le Bossu (1631–80): *Traité du poème épique* (Paris 1677).

Wesen der anschauenden Erkenntnis, und aus der Einheit des moralischen Lehrsatzes in der Fabel hätte herleiten sollen! Ich gebe es zu, daß der Einfall des Pater *Bossu* nichts taugt. Die aesopische Fabel, in die Länge einer epischen Fabel ausgedehnt, höret auf, eine aesopische Fabel zu sein; aber nicht deswegen, weil man den Tieren, nachdem man ihnen Freiheit und Sprache erteilet hat, nicht auch eine Folge von Gedanken, dergleichen die Folge von Handlungen in der Epopee erfordern würde, erteilen dürfte, nicht deswegen, weil die Tiere alsdann zu viel Menschliches haben würden: sondern deswegen, weil die Einheit des moralischen Lehrsatzes verlorengehen würde, weil man diesen Lehrsatz in der Fabel, deren Teile so gewaltsam auseinandergedehnet und mit fremden Teilen vermischt worden, nicht länger anschauend erkennen würde. Denn die anschauende Erkenntnis erfordert unumgänglich, daß wir den einzeln Fall auf einmal übersehen können; können wir es nicht, weil er entweder allzuviel Teile hat oder seine Teile allzuweit auseinanderliegen, so kann auch die Intuition des Allgemeinen nicht erfolgen. Und nur dieses, wenn ich nicht sehr irre, ist der wahre Grund, warum man es dem dramatischen Dichter, noch williger aber dem Epopeendichter, erlassen hat, in ihre Werke eine einzige Hauptlehre zu legen. Denn was hilft es, wenn sie auch eine hineinlegen? Wir können sie doch nicht darin erkennen, weil ihre Werke viel zu weitläufig sind, als daß wir sie auf einmal zu übersehen vermöchten. In dem Skelette derselben müßte sie sich wohl endlich zeigen; aber das Skelett gehöret für den kalten Kunstrichter, und wenn dieser einmal glaubt, daß eine solche Hauptlehre darin liegen müsse, so wird er sie gewiß herausgrübeln, wenn sie der Dichter auch gleich nicht hineinlegt hat. Daß übrigens das eingeschränkte Wesen der Tiere von dieser nicht zu erlaubenden Ausdehnung der aesopischen Fabel die wahre

Ursach nicht sei, hätte der *kritische Briefsteller* gleich
daher abnehmen können, weil nicht bloß die *tierische*
Fabel, sondern auch jede andere aesopische Fabel, wenn
sie schon aus vernünftigen Wesen bestehet, derselben
unfähig ist. Die Fabel von dem Lahmen und Blinden,
oder von dem armen Mann und dem Tode, läßt sich
ebensowenig zur Länge des epischen Gedichts erstrek-
ken als die Fabel von dem Lamme und dem Wolfe,
oder von dem Fuchse und dem Raben. Kann es also an
der Natur der Tiere liegen? Und wenn man mit Beispielen streiten wollte, wieviel *sehr gute* Fabeln ließen
sich ihm nicht entgegensetzen, in welchen den Tieren
weit mehr als *flüchtige und dunkle Strahlen einer Vernunft* beigelegt wird und man sie ihre Anschläge ziemlich *von weitem her* zu einem Endzwecke anwenden
siehet. Z. E. der Adler und der Käfer*[62]; der Adler, die
Katze und das Schwein*[63] etc.

Unterdessen, dachte ich einsmals bei mir selbst, wenn
man demohngeachtet eine aesopische Fabel von einer
ungewöhnlichen Länge machen wollte, wie müßte man
es anfangen, daß die itztberührten Unbequemlichkeiten
dieser Länge wegfielen? Wie müßte unser *Reinicke
Fuchs*[100] aussehen, wenn ihm der Name eines aesopischen Heldengedichts zukommen sollte? Mein Einfall
war dieser: *Vors erste* müßte nur ein einziger moralischer Satz in dem Ganzen zum Grunde liegen; *vors
zweite* müßten die vielen und mannigfaltigen Teile
dieses Ganzen, unter gewisse Hauptteile gebracht werden, damit man sie wenigstens in diesen Hauptteilen

---

*[62]. Fab. Aesop. 2 [7].
*[63]. Phaedrus libr. II. Fab. 4.

100. *Le Roman de Renart* entstand in Frankreich um 1200; etwa gleich-
zeitig der mittelhochdeutsche *vuchs Reinhart*; der Stoff fand weitere
Bearbeitungen, von denen das 1498 in Lüttich entstandene Versepos
Reinke de Vos die größte Popularität erlangte. Gottsched gab die niederdt. Dichtung 1752 mit einer eigenen Prosa-Übersetzung heraus. Diese
Ausgabe regte Goethes bekannte Hexameter-Dichtung *Reineke Fuchs*
(1794) an.

auf einmal übersehen könnte; *vors dritte* müßte jeder
dieser Hauptteile ein besonders Ganze, eine für sich
bestehende Fabel, sein können, damit das große Ganze
aus gleichartigen Teilen bestünde. Es müßte, um alles
zusammenzunehmen, der allgemeine moralische Satz in
seine einzelne Begriffe aufgelöset werden; jeder von
diesen einzelnen Begriffen müßte in einer besondern
Fabel zur Intuition gebracht werden, und alle diese besondern Fabeln müßten zusammen nur eine einzige
Fabel ausmachen. Wie wenig hat der *Reinicke Fuchs*
von diesen Requisitis[101]! Am besten also, ich mache
selbst die Probe, ob sich mein Einfall auch wirklich
ausführen läßt. – Und nun urteile man, wie diese Probe
ausgefallen ist! Es ist die *sechzehnte* Fabel meines *dritten* Buchs und heißt die *Geschichte des alten Wolfs in
sieben Fabeln*. Die Lehre, welche in allen sieben Fabeln zusammengenommen liegt, ist diese: »Man muß
einen alten Bösewicht nicht auf das Äußerste bringen
und ihm alle Mittel zur Besserung, so spät und erzwungen sie auch sein mag, benehmen.« Dieses *Äußerste*,
diese Benehmung *aller Mittel* zerstückte ich, machte
verschiedene mißlungene Versuche des Wolfs daraus,
des gefährlichen Raubens künftig müßig gehen zu können, und bearbeitete jeden dieser Versuche als eine
besondere Fabel, die ihre eigene und mit der Hauptmoral
in keiner Verbindung stehende Lehre hat. – Was ich
hier bis auf sieben und mit dem *Rangstreite der Tiere*[102]
auf vier Fabeln gebracht habe, wird ein andrer mit
einer andern noch fruchtbarern Moral leicht auf mehrere bringen können. Ich begnüge mich, die Möglichkeit
gezeigt zu haben.

101. Erfordernissen.
102. Lessings Fabeln III 7–10.

IV. VON DEM VORTRAGE[103] DER FABELN

Wie soll die Fabel vorgetragen werden? Ist hierin *Aesopus* oder ist *Phaedrus* oder ist *La Fontaine* das wahre Muster?

Es ist nicht ausgemacht, ob *Aesopus* seine Fabeln selbst aufgeschrieben und in ein Buch zusammengetragen hat. Aber das ist so gut als ausgemacht, daß, wenn er es auch getan hat, doch keine einzige davon durchaus mit seinen eigenen Worten auf uns gekommen ist. Ich verstehe also hier die allerschönsten Fabeln in den verschiedenen griechischen Sammlungen, welchen man seinen Namen vorgesetzt hat. Nach diesen zu urteilen, war sein Vortrag von der äußersten Präzision; er hielt sich nirgends bei Beschreibungen auf; er kam sogleich zur Sache und eilte mit jedem Worte näher zum Ende; er kannte kein Mittel zwischen dem Notwendigen und Unnützen. So charakterisiert ihn *de La Motte,* und richtig. Diese Präzision und Kürze, worin er ein so großes Muster war, fanden die Alten der Natur der Fabel auch so angemessen, daß sie eine allgemeine Regel daraus machten. *Theon* unter andern dringet mit den ausdrücklichsten Worten darauf.

Auch *Phaedrus,* der sich vornahm die Erfindungen des *Aesopus* in Versen auszubilden, hat offenbar den festen Vorsatz gehabt, sich an diese Regel zu halten; und wo er davon abgekommen ist, scheinet ihn das Silbenmaß[104] und der poetischere Stil, in welchen uns auch das allersimpelste Silbenmaß wie unvermeidlich verstrickt, gleichsam wider seinen Willen davon abgebracht zu haben.

Aber *La Fontaine?* Dieses sonderbare Genie! *La Fontaine!* Nein wider ihn selbst habe ich nichts; aber wider

---

103. Erzählweise, Form.
104. Metrum.

seine Nachahmer[105], wider seine blinden Verehrer! *La Fontaine* kannte die Alten zu gut, als daß er nicht hätte wissen sollen, was ihre Muster und die Natur zu einer vollkommenen Fabel erforderten. Er wußte es, daß die Kürze die Seele der Fabel sei; er gestand es zu, daß es ihr vornehmster Schmuck sei, ganz und gar keinen Schmuck zu haben. Er bekannte*[64] mit der liebenswürdigsten Aufrichtigkeit, »daß man die zierliche Präzision und die außerordentliche Kürze, durch die sich *Phaedrus* so sehr empfehle, in seinen Fabeln nicht finden werde. Es wären dieses Eigenschaften, die zu erreichen, ihn seine Sprache zum Teil verhindert hätte; und bloß deswegen, weil er den *Phaedrus* darin nicht nachahmen können, habe er geglaubt, qu'il falloit en recompense egayer l'ouvrage plus qu'il n'a fait[106].« Alle die Lustigkeit, sagt er, durch die ich meine Fabeln aufgestützt[107] habe, soll weiter nichts als eine etwanige Schadloshaltung für wesentlichere Schönheiten sein, die ich ihnen zu erteilen zu unvermögend gewesen bin. – Welch Bekenntnis! In meinen Augen macht ihm dieses Bekenntnis mehr Ehre als ihm alle seine Fabeln machen! Aber wie wunderbar ward es von dem französischen Publico aufgenommen! Es glaubte, *La Fontaine* wolle ein bloßes Kompliment machen, und hielt die Schadloshaltung unendlich höher als das, wofür sie geleistet war. Kaum konnte es auch anders sein; denn die Schadloshaltung hatte allzuviel reizendes für Franzosen, bei welchen nichts über die Lustigkeit gehet. Ein witziger Kopf unter ihnen, der hernach das Unglück hatte, hundert Jahr witzig zu bleiben*[65], meinte sogar, *La Fontaine*

---

*[64]. In der Vorrede zu seinen Fabeln.
*[65]. Fontenelle [Bernard le Bovier de Fontenelle (1657–1757 – daher Lessings ironische Bemerkung), frz. Schriftsteller].

105. hauptsächlich Hagedorn, Gellert, Lichtwer und Gleim.
106. »daß man dafür das Werk lustiger machen müsse, als er es getan habe«.
107. aufgestutzt, aufgeputzt.

habe sich aus bloßer *Albernheit* (par betise) dem *Phaedrus* nachgesetzt; und *de La Motte* schrie über diesen
Einfall: mot plaisant, mais solide![108]

Unterdessen, da *La Fontaine* seine lustige Schwatz-
haftigkeit, durch ein so großes Muster, als ihm *Phaedrus*
schien, verdammt glaubte, wollte er doch nicht ganz
ohne Bedeckung von seiten des Altertums bleiben. Er
setzte also hinzu: »Und meinen Fabeln diese Lustigkeit
zu erteilen, habe ich um so viel eher wagen dürfen, da
Quintilian lehret, man könne die Erzählungen nicht
lustig genug machen (egayer). Ich brauche keine Ursache hiervon anzugeben; genug, daß es *Quintilian*
sagt.« – Ich habe wider diese Autorität zweierlei zu
erinnern. Es ist wahr, *Quintilian* sagt: Ego vero narra-
tionem, ut si ullam partem orationis, omni, qua potest,
gratia et venere exornandam puto*[66], und dieses muß
die Stelle sein, worauf sich *La Fontaine* stützet. Aber
ist diese *Grazie*, diese *Venus*, die er der Erzählung soviel als möglich, obgleich nach Maßgebung der Sache*[67],
zu erteilen befiehlet, ist dieses *Lustigkeit*? Ich sollte
meinen, daß gerade die Lustigkeit dadurch ausgeschlossen werde. Doch der Hauptpunkt ist hier dieser: *Quintilian* redet von der Erzählung des Facti in einer ge-
richtlichen Rede, und was er von dieser sagt, ziehet
La Fontaine, wider die ausdrückliche Regel der Alten,
auf die Fabel. Er hätte diese Regel unter andern bei
dem *Theon* finden können. Der Grieche redet von dem
Vortrage der Erzählung in der Chrie[109] – wie plan,
wie kurz muß die Erzählung in einer Chrie sein! – und

*[66]. Quinctilianus Inst. Orat. lib. IV. cap. 2. [»Ich glaube aber, daß die
Erzählung – wenn überhaupt irgendein Teil der Darstellung – mit aller
möglichen Anmut und Schönheit geschmückt werden müsse.«]
*[67]. Sed plurimum refert, quae sit natura ejus rei, quam exponimus.
[»Aber es kommt vorzüglich darauf an, wie die Sache beschaffen ist, die
wir darstellen.«] *Idem, ibidem.*

108. »Ein spaßhaftes, aber kernhaftes Wort!«
109. griech. ›Gebrauch‹; Anweisung für den Aufbau einer Rede oder
Abhandlung.

setzt hinzu: εν δε τοις μυθοις απλουστεραν την ερμηνειαν
ειναι δει και προσφυη· και ως δυνατον, ακατασκευον τε
και σαφη[110]: Die Erzählung der Fabel soll noch pla-
ner[111] sein, sie soll zusammengepreßt, soviel als möglich
ohne alle Zieraten und Figuren, mit der einzigen Deutlichkeit[112] zufrieden sein.

Dem *La Fontaine* vergebe ich den Mißbrauch dieser
Autorität des *Quintilians* gar gern. Man weiß ja, wie
die Franzosen überhaupt die Alten lesen! Lesen sie
doch ihre eigene Autores mit der unverzeihlichsten
Flatterhaftigkeit. Hier ist gleich ein Exempel! *De La
Motte* sagt von dem *La Fontaine*: Tout Original qu'il
est dans les manieres, il etoit Admirateur des Anciens
jusqu'a la prevention, comme s'ils eussent été ses mo-
deles. *La brieveté, dit-il, est l'ame de la Fable, et il est
inutile d'en apporter des raisons, c'est assez que Quin-
tilien l'ait dit.*[*68] Man kann nicht verstümmelter anführen, als *de La Motte* hier den *La Fontaine* anführet!
La Fontaine legt es einem ganz andern Kunstrichter in
den Mund, daß die Kürze die Seele der Fabel sei, oder
spricht es vielmehr in seiner eigenen Person; er beruft
sich nicht wegen der Kürze, sondern wegen der Munter-
keit, die in den Erzählungen herrschen solle, auf das
Zeugnis des *Quintilians*, und würde sich wegen jener
sehr schlecht auf ihn berufen haben, weil man jenen
Ausspruch nirgend bei ihm findet.

Ich komme auf die Sache selbst zurück. Der allgemeine Beifall, den *La Fontaine* mit seiner muntern Art
zu erzählen erhielt, machte, daß man nach und nach

---

*68. Discours sur la Fable, p. 17. [»So originell er in der Behandlung
ist, so bewundert er die Alten bis zum Vorurteil, wie wenn sie seine
Muster gewesen wären. ›Die Kürze‹, sagt er, ›ist die Kürze der Fabel; es
ist unnötig, dafür Gründe vorzubringen; es ist genug, daß Quintilianus
es gesagt hat.‹«]

110. »In den Erzählungen muß der Ausdruck einfach und natürlich und
ebenso kräftig, kunstlos und deutlich sein.«
111. einfacher.
112. einzig, allein mit der Deutlichkeit.

die aesopische Fabel von einer ganz andern Seite betrachtete, als sie die Alten betrachtet hatten. Bei den Alten gehörte die Fabel zu dem Gebiete der Philosophie, und aus diesem holten sie die Lehrer der Redekunst in das ihrige herüber. *Aristoteles* hat nicht in seiner Dichtkunst, sondern in seiner Rhetorik davon gehandelt; und was *Aphthonius* und *Theon* davon sagen, das sagen sie gleichfalls in Vorübungen der *Rhetorik*. Auch bei den Neuern muß man das, was man von der aesopischen Fabel wissen will, durchaus in Rhetoriken suchen; bis auf die Zeiten des *La Fontaine*. Ihm gelang es die Fabel zu einem anmutigen poetischen Spielwerke zu machen, er bezauberte, er bekam eine Menge Nachahmer, die den Namen eines Dichters nicht wohlfeiler erhalten zu können glaubten als durch solche in lustigen Versen ausgedehnte und gewässerte Fabeln; die Lehrer der Dichtkunst griffen zu; die Lehrer der Redekunst ließen den Eingriff geschehen; diese hörten auf, die Fabel als ein sicheres Mittel zur lebendigen Überzeugung anzupreisen; und jene fingen dafür an, sie als ein Kinderspiel zu betrachten, das sie, soviel als möglich auszuputzen, uns lehren müßten. – So stehen wir noch! –

Ein Mann, der aus der Schule der Alten kömmt, wo ihm jene εϱμηνεια αϰατασϰευος[113] der Fabel so oft empfohlen worden, kann der wissen, woran er ist, wenn er z. E. bei dem *Batteux* ein langes Verzeichnis von Zieraten[114] lieset, deren die Erzählung der Fabel fähig sein soll? Er muß voller Verwunderung fragen: so hat sich denn bei den Neuern ganz das Wesen der Dinge verändert? Denn alle diese Zieraten streiten mit dem wirklichen Wesen der Fabel. Ich will es beweisen.

Wenn ich mir einer moralischen Wahrheit durch die Fabel bewußt werden soll, so muß ich die Fabel auf

113. »kunstlose Darstellung« (nach Theon).
114. Ramlers Batteux-Übersetzung, Bd I, S. 249.

einmal übersehen können; und um sie auf einmal übersehen zu können, muß sie so kurz sein als möglich. Alle Zieraten aber sind dieser Kürze entgegen; denn ohne sie würde sie noch kürzer sein können: folglich streiten alle Zieraten, insofern sie leere Verlängerungen sind, mit der Absicht der Fabel.

Z. E eben mit zur Erreichung dieser Kürze braucht die Fabel gern die allerbekanntesten Tiere; damit sie weiter nichts als ihren einzigen Namen[115] nennen darf, um einen ganzen Charakter zu schildern, um Eigenschaften zu bemerken, die ihr ohne diese Namen allzuviel Worte kosten würden. Nun höre man den *Batteux*: »Diese Zieraten bestehen *erstlich* in Gemälden, Beschreibungen, Zeichnungen der Örter, der Personen, der Stellungen.« – Das heißt: Man muß nicht schlechtweg z. E. *ein Fuchs* sagen, sondern man muß fein sagen:

Un vieux Renard, mais des plus fins,
Grand croqueur de poulets, grand preneur de lapins,
Sentant son Renard d'un lieue etc.[116]

Der *Fabulist* brauchet *Fuchs*, um mit einer einzigen Silbe ein individuelles Bild eines witzigen Schalks zu entwerfen; und der *Poet* will lieber von dieser Bequemlichkeit nichts wissen, will ihr entsagen, ehe man ihm die Gelegenheit nehmen soll, eine lustige Beschreibung von einem Dinge zu machen, dessen ganzer Vorzug hier eben dieser ist, daß es keine Beschreibung bedarf.

Der Fabulist will in *einer* Fabel nur *eine* Moral zur Intuition bringen. Er wird es also sorgfältig vermeiden, die Teile derselben so einzurichten, daß sie uns Anlaß geben, irgendeine andere Wahrheit in ihnen zu erken-

---

115. einzig, allein ihren Namen.
116. »Ein alter Fuchs, einer der listigsten, großer Verspeiser von Hühnern, großer Fänger von Kaninchen, dem man auf eine Stunde weit den Fuchs anroch usw.« Anfang einer Fabel La Fontaines (V 5).

nen, als wir in allen Teilen zusammengenommen erkennen sollen. Viel weniger wird er eine solche fremde Wahrheit mit ausdrücklichen Worten einfließen lassen, damit er unsere Aufmerksamkeit nicht von seinem Zwecke abbringe oder wenigstens schwäche, indem er sie unter mehrere allgemeine moralische Sätze teilet. – Aber *Batteux*, was sagt der[117]? »Die zweite Zierat, sagt er, bestehet in den Gedanken; nämlich in solchen Gedanken, die hervorstechen und sich von den übrigen auf eine besondere Art unterscheiden.«

Nicht minder widersinnig ist seine *dritte* Zierat, die Allusion[118] – Doch wer streitet denn mit mir? *Batteux*[119] selbst gesteht es ja mit ausdrücklichen Worten, »daß dieses nur Zieraten solcher Erzählungen sind, die vornehmlich zur Belustigung gemacht werden«. Und für eine solche Erzählung hält er die Fabel? Warum bin ich so eigensinnig, sie auch nicht dafür zu halten? Warum habe ich nur ihren Nutzen im Sinne? Warum glaube ich, daß dieser Nutzen seinem Wesen nach schon anmutig genug ist, um aller fremden Annehmlichkeiten entbehren zu können? Freilich geht es dem *La Fontaine*, und allen seinen Nachahmern, wie meinem *Manne mit dem Bogen*[*69]; der Mann wollte, daß sein Bogen mehr als glatt sei; er ließ Zieraten darauf schnitzen; und der Künstler verstand sehr wohl, was für Zieraten auf einen Bogen gehörten; er schnitzte eine Jagd darauf: nun will der Mann den Bogen versuchen, und er zerbricht. Aber war das die Schuld des Künstlers? Wer hieß den Mann, so wie zuvor, damit zu schießen? Er hätte den geschnitzten Bogen nunmehr fein in seiner Rüstkammer aufhängen und seine Augen daran weiden sollen! Mit einem solchen Bogen schießen zu wollen! –

*69. S. die erste Fabel des dritten Buchs.

117. l.c., S. 250.
118. frz. ›Anspielung‹.
119. l.c., S. 252.

Freilich würde nun auch *Plato,* der die Dichter alle mit-
samt ihrem *Homer* aus seiner Republik verbannte[120],
dem *Aesopus* aber einen rühmlichen Platz darin ver-
gönnte, freilich würde auch *er* nunmehr zu dem *Aesopus,* so wie ihn *La Fontaine* verkleidet hat, sagen:
Freund, wir kennen einander nicht mehr! Geh auch du
deinen Gang! Aber, was geht es uns an, was so ein alter
Grillenfänger, wie *Plato,* sagen würde? –

Vollkommen richtig! Unterdessen, da ich so sehr billig bin, hoffe ich, daß man es auch einigermaßen gegen
mich sein wird. Ich habe die erhabene Absicht, die Welt
mit meinen Fabeln zu *belustigen,* leider nicht gehabt;
ich hatte mein Augenmerk nur immer auf diese oder
jene Sittenlehre, die ich, meistens zu meiner eigenen Er-
bauung, gern in besondern Fällen übersehen[121] wollte;
und zu diesem Gebrauche glaubte ich meine Erdichtun-
gen nicht kurz, nicht trocken genug aufschreiben zu
können. Wenn ich aber itzt die Welt gleich nicht be-
lustige, so könnte sie doch mit der Zeit vielleicht durch
mich belustiget werden. Man erzählt ja die neuen Fabeln des *Abstemius*[122] ebensowohl als die alten Fabeln
des *Aesopus* in Versen; wer weiß, was meinen Fabeln
aufbehalten ist und ob man auch sie nicht einmal mit
aller möglichen Lustigkeit erzählet, wenn sie sich anders
durch ihren innern Wert eine Zeitlang in dem Anden-
ken der Welt erhalten? In dieser Betrachtung also, bitte
ich voritzo mit meiner Prosa –

Aber ich bilde mir ein, daß man mich meine Bitte
nicht einmal aussagen läßt. Wenn ich mit der allzumun-
tern und leicht auf Umwege führenden Erzählungsart
des *La Fontaine* nicht zufrieden war, mußte ich darum

---

120. Anspielung auf Platos *Politeia,* 398 a–b.
121. betrachten.
122. Laurentius Abstemius, ital. Gelehrter: *Hecatomythium* (Hundert
gesammelte Fabeln, 1495 und 1505) – vgl. Lessings erste Notizen *Zur
Geschichte der aesopischen Fabel.*

auf das andere Extremum verfallen? Warum wandte
ich mich nicht auf die Mittelstraße des *Phaedrus* und
erzählte in der zierlichen Kürze des Römers, aber doch
in Versen? Denn prosaische Fabeln; wer wird die lesen
wollen! – Diesen Vorwurf werde ich ohnfehlbar zu hören bekommen. Was will ich im voraus darauf antworten? Zweierlei. *Erstlich,* was man mir am leichtesten
glauben wird: ich fühlte mich zu unfähig, jene zierliche
Kürze in Versen zu erreichen. *La Fontaine,* der ebendas
bei sich fühlte, schob die Schuld auf seine Sprache. Ich
habe von der meinigen eine zu gute Meinung und
glaube überhaupt, daß ein Genie seiner angebornen
Sprache, sie mag sein, welche es will, eine Form erteilen
kann, welche er[123] will. Für ein Genie sind die Sprachen
alle von einer Natur; und die Schuld ist also einzig
und allein meine. Ich habe die Versifikation nie so in
meiner Gewalt gehabt, daß ich auf keine Weise be-
sorgen dürfen, das Silbenmaß und der Reim werde hier
und da den Meister über mich spielen. Geschähe das, so
wäre es ja um die Kürze getan und vielleicht noch um
mehr wesentliche Eigenschaften der guten Fabel. Denn
zweitens – Ich muß es nur gestehen; ich bin mit dem
Phaedrus nicht so recht zufrieden. *De La Motte* hatte
ihm weiter nichts vorzuwerfen, als »daß er seine Moral
oft zu Anfange der Fabeln setze und daß er uns manch-
mal eine allzu unbestimmte Moral gebe, die nicht deutlich genug aus der Allegorie entspringe«. Der erste Vorwurf betrifft eine wahre Kleinigkeit; der zweite ist
unendlich wichtiger, und leider gegründet. Doch ich
will nicht fremde Beschuldigungen rechtfertigen; sondern meine eigne vorbringen. Sie läuft dahinaus, daß
Phaedrus, sooft er sich von der Einfalt der griechischen
Fabeln auch nur einen Schritt entfernt, einen plumpen
Fehler begehet. Wieviel Beweise will man? Z. E.

123. der Dichter.

Fab. 4. Libri I

Canis per flumen, carnem dum ferret natans,
Lympharum in speculo vidit simulacrum suum etc.[124]

Es ist unmöglich; wenn der Hund durch den Fluß *ge-
schwommen* ist, so hat er das Wasser um sich her notwendig so getrübt, daß er sein Bildnis unmöglich darin
sehen können. Die griechischen Fabeln[125] sagen: Κυων
κρεας εχουσα[126] ποταμον διεβαινε[127]; das braucht weiter
nichts zu heißen, als: *er ging über den Fluß;* auf einem
niedrigen Steige muß man sich vorstellen. *Aphthonius*
bestimmt diesen Umstand noch behutsamer: Κρεας
αρπασασα τις κυων παρ' αυτην διηει την οχθην[128]; der
Hund ging an dem Ufer des Flusses.

Fab. 5. Lib. I

Vacca et capella, et patiens ovis injuriae,
Socii fuere cum leone in saltibus.[129]

Welch eine Gesellschaft! Wie war es möglich, daß sich
diese viere zu einem Zwecke vereinigen konnten? Und
zwar zur Jagd! Diese Ungereimtheit haben die Kunstrichter schon öfters angemerkt; aber noch keiner hat
zugleich anmerken wollen, daß sie von des *Phaedrus*
eigener Erfindung ist. Im Griechischen[130] ist diese Fabel
zwischen dem *Löwen* und dem wilden *Esel* (Οναγρος).
Von dem wilden Esel ist es bekannt, daß er ludert[131];
und folglich konnte er an der Beute teilnehmen. Wie
elend ist ferner die Teilung bei dem *Phaedrus*:

---

124. »Es schwamm mit Fleisch durch einen Wasserstrom ein Hund, /
Da sah im Wasserspiegel er sein Ebenbild usw.«
125. Fab. Aesop. 210 [233].
126. in der Editio Hauptmannianae φεραιν (p. 163).
127. »Ein Hund, der Fleisch hatte, ging über einen Fluß«.
128. zit. in der Editio Hauptmannianae p. 163.
129.   »Kuh, Zieg' und ein geduld'ges Schaf gesellten sich
               Zum Löwen, Jagd zu treiben in dem Waldrevier.«
130. Fab. Aesop. 226 [258].
131. Aas frißt.

Ego primam tollo, nominor quia leo;
Secundam, quia sum fortis, tribuetis mihi;
Tum quia plus valeo, me sequetur tertia;
Male afficietur, si quis quartam tetigerit.[132]

Wie vortrefflich hingegen ist sie im Griechischen! Der
Löwe macht sogleich drei Teile; denn von jeder Beute
ward bei den Alten ein Teil für den König oder für die
Schatzkammer des Staats beiseite gelegt. Und dieses
Teil, sagt der Löwe, gehöret mir, βασιλευς γαρ ειμι[133];
das zweite Teil gehört mir auch, ως εξ ισου κοινωνων,
nach dem Rechte der gleichen Teilung; und das dritte
Teil κακον μεγα σοι ποιησει, ει μη εθελης φυγειν[134].

Fab. 11. Lib. I

Venari asello comite cum vellet leo,
Contexit illum frutice, et admonuit simul,
Ut insueta voce terreret feras etc.

— — —

Quae dum paventes exitus notos petunt,
Leonis affliguntur horrendo impetu.[135]

Der Löwe verbirgt den Esel in das Gesträuche; der Esel
schreiet; die Tiere erschrecken in ihren Lagern, und da
sie durch die *bekannten Ausgänge* davonfliehen wollen, fallen sie dem Löwen in die Klauen. Wie ging das
zu? Konnte jedes nur durch *einen* Ausgang davonkom-
men? Warum mußte es gleich den wählen, an welchem

132. »Ich nehme, weil ich Löwe bin, den ersten Teil;
      Den zweiten müßt ihr lassen mir, dem Tapfersten;
      Der dritte soll mir werden wegen meiner Kraft –
      Doch wer den vierten anrührt, dem soll's übel gehn.«
133. »denn ich bin König«.
134. »wird dir zu großem Übel gereichen, wenn du dich nicht davon-
machen willst«.
135. »Der Löwe wollte mit dem Esel jagen gehn,
      Da steckt' er den ins Strauchwerk und gebot dabei,
      Mit nie gehörtem Jagdruf zu schrecken das Gewild usw.
      — — —
      Doch weil es zitternd suchte den bekannten Gang,
      Wird grausam es im wilden Sprung vom Leun erhascht.«

der Löwe lauerte? Oder konnte der Löwe überall sein? –
Wie vortrefflich fallen in der griechischen Fabel[136] alle
diese Schwierigkeiten weg! Der Löwe und der Esel
kommen da vor eine Höhle, in der sich wilde Ziegen
aufhalten. Der Löwe schickt den Esel hinein; der Esel
scheucht mit seiner fürchterlichen Stimme die wilden
Ziegen heraus, und so können sie dem Löwen, der ihrer
an dem Eingange wartet, nicht entgehen.

Fab. 9 [10]. Libr. IV

Peras imposuit Jupiter nobis duas,
Propriis repletam vitiis post tergum dedit,
Alienis ante pectus suspendit gravem.[137]

Jupiter hat uns diese zwei Säcke aufgelegt? Er ist also
selbst Schuld, daß wir unsere eigene Fehler nicht sehen
und nur scharfsichtige Tadler der Fehler unsers Nächsten sind? Wieviel fehlt dieser Ungereimtheit zu einer
förmlichen Gotteslästerung? Die bessern Griechen[138]
lassen durchgängig den Jupiter hier aus dem Spiele; sie
sagen schlechtweg: Ανθρωπος δυο πηρας εκαστος φερει[139];
oder: δυο πηρας εξημμεθα του τραχηλου[140] usw.

Genug für eine Probe! Ich behalte mir vor, meine
Beschuldigung an einem andern Orte umständlicher[141]
zu erweisen, und vielleicht durch eine eigene Ausgabe
des *Phaedrus*[142].

---

136. Fab. Aesop. 227 [259] – vgl. Lessings Fabeln II 6 und 7.
137.   »Zwei Ranzen legte Jupiter den Menschen um,
            Den mit den eignen Fehlern hing er hinten auf,
            Den schweren mit den fremden setzt' er vor die Brust.«
138. Fab. Aesop. 338 [359].
139. »jeder Mensch trägt zwei Säcke«.
140. »zwei Säcke trug am Halse« (in der Fassung des Galenus, wie sie
die Editio Hauptmannianae p. 270 zitiert).
141. ausführlicher, eingehender.
142. Lessings Vorhaben war wohl bereits zur Zeit der Veröffentlichung
der Abhandlungen bis zur Materialsammlung gediehen, ist dann aber
nicht mehr darüber hinausgelangt (vgl. die aus dem Nachlaß veröffent-
lichten Anmerkungen *Über den Phäder*).

V. VON EINEM BESONDERN NUTZEN
DER FABELN IN DEN SCHULEN

Ich will hier nicht von dem moralischen Nutzen der
Fabeln reden; er gehöret in die allgemeine praktische
Philosophie: und würde ich mehr davon sagen können,
als *Wolf* gesagt hat? Noch weniger will ich von dem
geringern Nutzen itzt sprechen, den die alten Rhetores
in ihren Vorübungen von den Fabeln zogen, indem sie
ihren Schülern aufgaben, bald eine Fabel durch alle
casus obliquos[143] zu verändern, bald sie zu erweitern,
bald sie kürzer zusammenzuziehen etc. Diese Übung
kann nicht anders als zum Nachteil der Fabel selbst
vorgenommen werden; und da jede kleine Geschichte
ebenso geschickt dazu ist, so weiß ich nicht, warum man
eben die Fabel dazu mißbrauchen muß, die sich als Fabel ganz gewiß nur auf eine einzige Art *gut* erzählen
läßt.

Den Nutzen, den ich itzt mehr berühren als umständlich erörtern will, würde man den *heuristischen*[144] Nutzen der Fabeln nennen können. – Warum fehlt es in
allen Wissenschaften und Künsten so sehr an Erfindern
und selbstdenkenden Köpfen? Diese Frage wird am
besten durch eine andre Frage beantwortet: Warum
werden wir nicht besser erzogen? Gott gibt uns die
Seele; aber das *Genie* müssen wir durch die Erziehung
bekommen. Ein Knabe, dessen gesamte Seelenkräfte
man, soviel als möglich, beständig in einerlei Verhält-
nissen ausbildet und erweitert, den man angewöhnt,
alles, was er täglich zu seinem kleinen Wissen hinzu-
lernt, mit dem, was er gestern bereits wußte, in der Geschwindigkeit zu vergleichen und achtzuhaben, ob er
durch diese Vergleichung nicht von selbst auf Dinge
kömmt, die ihm noch nicht gesagt worden, den man

143. deklinierten Fälle.
144. griech. ›erfinderischen‹.

beständig aus einer Scienz[145] in die andere hinübersehen läßt, den man lehret, sich ebenso leicht von dem Besondern zu dem Allgemeinen zu erheben, als von dem Allgemeinen zu dem Besondern sich wieder herabzulassen: der Knabe wird ein Genie *werden*, oder man kann nichts in der Welt *werden*.

Unter den Übungen nun, die diesem allgemeinen Plane zufolge angestellet werden müßten, glaube ich, würde die Erfindung aesopischer Fabeln eine von denen sein, die dem Alter eines Schülers am aller angemessensten wären: nicht, daß ich damit suchte, alle Schüler zu Dichtern zu machen; sondern weil es unleugbar ist, daß das Mittel, wodurch die Fabeln erfunden worden, gleich dasjenige ist, das allen Erfindern überhaupt das allergeläufigste sein muß. Dieses Mittel ist das *Principium der Reduktion*[146], und es ist am besten, den Philosophen selbst davon zu hören: Videmus adeo, quo artificio utantur fabularum inventores, *principio* nimirum *reductionis*: quod quemadmodum ad inveniendum in genere utilissimum, ita ad fabulas inveniendas absolute necessarium est. Quoniam in arte inveniendi principium reductionis amplissimum sibi locum vindicat, absque hoc principio autem nulla effingitur fabula; nemo in dubium revocare poterit, fabularum inventores[147] inter inventores locum habere. Neque est quod inventores abjecte de fabularum inventoribus sentiant: quod si enim fabula nomen suum tueri, nec quicquam in eadem desiderari debet, haud exiguae saepe artis est eam invenire, ita ut in aliis veritatibus inveniendis excellentes hic vires suas deficere agnoscant, ubi in rem praesentem veniunt. Fabulae aniles nugae sunt, quae nihil veritatis continent, et ea-

145. Wissenschaft.
146. Grundsatz der Zurückführung (des Allgemeinen auf das Besondere).
147. ›auctores‹ bei Wolff.

rum autores in nugatorum non inventorum veritatis numero sunt. Absit autem ut hisce aequipares inventores fabularum vel fabellarum, cum quibus in praesente. nobis negotium est, et quas vel inviti in Philosophiam practicam admittere tenemur, nisi praxi officere velimus.*70

Doch dieses Principium der Reduktion hat seine großen Schwierigkeiten. Es erfordert eine weitläuftige Kenntnis des Besondern und aller individuellen Dingen, auf welche die Reduktion geschehen kann. Wie ist diese von jungen Leuten zu verlangen? Man müßte dem Rate eines neuern Schriftstellers[148] folgen, den ersten Anfang ihres Unterrichts mit der Geschichte der Natur zu machen und diese in der niedrigsten Klasse allen Vorlesungen zum Grunde zu legen*71. Sie enthält, sagt er, den Samen aller übrigen Wissenschaften, sogar die moralischen nicht ausgenommen. Und es ist kein Zweifel, er wird mit diesem Samen der Moral, den er in der Geschichte der Natur gefunden zu haben glaubet, nicht

---

*70. Philosophiae practicae universalis pars posterior § 310. [»Wir sehen daher, welchen Kunstgriff die Erfinder von Fabeln gebrauchen; zuerst ohne Zweifel das Prinzip der Reduktion, welches, wie es im allgemeinen zum Erfinden sehr nützlich ist, so zur Erfindung von Fabeln unbedingt notwendig ist. Weil das Prinzip der Reduktion innerhalb der Kunst des Erfindens auf die erste Stelle Anspruch macht und weil ohne dieses Prinzip keine Fabel gedichtet werden kann, so wird niemand bezweifeln können, daß die Erfinder (Wolff: die Verfasser) von Fabeln zu den Erfindern gehören. Es ist daher kein Grund vorhanden, daß die Erfinder von den Erfindern der Fabel wegwerfend urteilen; denn wenn die Fabel ihren Namen behalten und in ihr nichts vermißt werden soll, so ist es oft keine geringe Kunst, eine solche so zu erfinden, daß die, welche sich im Erfinden von anderen Wahrheiten auszeichnen, erkennen, daß ihnen selbst die Kraft abgeht, wenn sie die Sache (nämlich eine Fabel zu dichten) vornehmen. Die Fabeln, die keine Wahrheit enthalten, sind altweibermäßige Possen, und ihre Verfasser gehören zu den Possenreißern, nicht aber zu den Erfindern von Wahrheiten. Man hüte sich aber, diesen die Erfinder von Fabeln oder Märchen gleichzusetzen, von denen gegenwärtig gehandelt wird und welche wir auch wider Willen in die praktische Philosophie aufzunehmen gezwungen werden, wenn wir der Praxis nicht entgegenhandeln wollen.«]

*71. Briefe die neueste Litteratur betreffend. 1. Teil, S. 58.

148. Moses Mendelssohn.

auf die bloßen Eigenschaften der Tiere, und anderer
geringern Geschöpfe, sondern auf die aesopischen Fabeln, welche auf diese Eigenschaften gebauet werden,
gesehen haben.

Aber auch alsdenn noch, wenn es dem Schüler an dieser weitläuftigen Kenntnis nicht mehr fehlte, würde man
ihn die Fabeln anfangs müssen mehr *finden* als *erfinden*
lassen; und die allmählichen Stufen von diesem *Finden*
zum *Erfinden*, die sind es eigentlich, was ich durch verschiedene Versuche meines *zweiten* Buchs habe zeigen
wollen. Ein gewisser Kunstrichter sagt: »Man darf nur
im Holz und im Feld, insonderheit aber auf der Jagd,
auf alles Betragen der zahmen und der wilden Tiere
aufmerksam sein und, sooft etwas Sonderbares und
Merkwürdiges zum Vorschein kömmt, sich selber in den
Gedanken fragen, ob es nicht eine Ähnlichkeit mit einem
gewissen Charakter der menschlichen Sitten habe und
in diesem Falle in eine symbolische Fabel ausgebildet
werden könne.«*72 Die Mühe, mit seinem Schüler auf
die Jagd zu gehen, kann sich der Lehrer ersparen, wenn
er in die alten Fabeln selbst eine Art von Jagd zu legen weiß, indem er die Geschichte derselben bald eher
abbricht, bald weiter fortführt, bald diesen oder jenen
Umstand derselben so verändert, daß sich eine andere
Moral darin erkennen läßt.

Z. E. die bekannte Fabel von dem Löwen und Esel
fängt sich an: Λεων και ονος, κοινωνιαν θεμενοι, εξηλθον
επι θηραν149 – Hier bleibt der Lehrer stehen. Der Esel
in Gesellschaft des Löwen? Wie stolz wird der Esel
auf diese Gesellschaft gewesen sein! *(Man sehe die achte
Fabel meines zweiten Buchs.)* Der Löwe in Gesellschaft
des Esels? Und hatte sich denn der Löwe dieser Gesell-

---

*72. Critische Vorrede zu M. v. K. neuen Fabeln. [Der Kunstrichter ist
Bodmer. Vgl. Anm. *41.]

149. »Der Löwe und der Esel taten sich zusammen und gingen auf die
Jagd« (Fab. Aesop. 227 [259]).

schaft nicht zu schämen? *(Man sehe die siebente.)* Und
so sind zwei Fabeln entstanden, indem man mit der
Geschichte der alten Fabel einen kleinen Ausweg ge-
nommen, der auch zu einem Ziele, aber zu einem andern
Ziele führet, als Aesopus sich dabei gesteckt hatte.

Oder man verfolgt die Geschichte einen Schritt weiter: Die Fabel von der Krähe, die sich mit den ausgefallenen Federn andrer Vögel geschmückt hatte, schließt
sich: και ο κολοιος ην παλιν κολοιος.[150] Vielleicht war sie
nun auch etwas Schlechters, als sie vorher gewesen war.
Vielleicht hatte man ihr auch ihre eigene glänzenden
Schwingfedern mit ausgerissen, weil man sie gleichfalls
für fremde Federn gehalten? So geht es dem Plagia-
rius[151]. Man ertappt ihn hier, man ertappt ihn da; und
endlich glaubt man, daß er auch das, was wirklich sein
eigen ist, gestohlen habe. *(S. die sechste Fabel meines
zweiten Buchs.)*

Oder man verändert einzelne Umstände in der Fabel. Wie, wenn das Stücke Fleisch, welches der Fuchs
dem Raben aus dem Schnabel schmeichelte, vergiftet
gewesen wäre? *(S. die funfzehnte)* Wie, wenn der Mann
die erfrorne Schlange nicht aus Barmherzigkeit, sondern
aus Begierde, ihre schöne Haut zu haben, aufgehoben
und in den Busen gesteckt hätte? Hätte sich der Mann
auch alsdenn noch über den Undank der Schlange beklagen können? *(S. die dritte Fabel.)*

Oder man nimmt auch den merkwürdigsten Umstand
aus der Fabel heraus und bauet auf denselben eine ganz
neue Fabel. Dem Wolfe ist ein Bein[152] in dem Schlunde
steckengeblieben. In der kurzen Zeit, da er sich daran
würgte, hatten die Schafe also vor ihm Friede. Aber
durfte sich der Wolf die gezwungene Enthaltung als

150. »Und die Krähe war wiederum eine Krähe« (Fab. Aesop. 188
[Zweite Lesart, zit. in der Editio Hauptmannianae p. 144 – Halm 200,
b]).
151. Plagiator, unehrlicher Abschreiber.
152. Knochen.

eine gute Tat anrechnen? *(S. die vierte Fabel.) Herkules*
wird in den Himmel aufgenommen und unterläßt, dem
Plutus seine Verehrung zu bezeigen. Sollte er sie wohl
auch seiner Todfeindin, der *Juno*, zu bezeigen unterlassen haben? Oder würde es dem *Herkules* anständiger
gewesen sein, ihr für ihre Verfolgungen zu danken?
(S. die zweite Fabel.)

Oder man sucht eine edlere Moral in die Fabel zu
legen; denn es gibt unter den griechischen Fabeln verschiedene, die eine sehr nichtswürdige haben. Die Esel
bitten den *Jupiter*, ihr Leben minder elend sein zu lassen. Jupiter antwortet: τοτε αυτους απαλλαγησεσθαι της
κακοπαθειας, οταν ουρουντες ποιησωσι ποταμον.[153] Welch
eine unanständige Antwort für eine Gottheit! Ich
schmeichle mir, daß ich den *Jupiter* würdiger antworten lassen und überhaupt eine schönere Fabel daraus
gemacht habe. *(S. die zehnte Fabel.)*

– Ich breche ab! Denn ich kann mich unmöglich zwin-
gen, einen Kommentar über meine eigene Versuche zu
schreiben.

---

153. »Sie würden dann aufhören, Lasten zu tragen, wenn sie pissend
einen Fluß gemacht hätten« (Fab. Aesop. 112 [319]).

ZUM TEXT

Nachdem Lessing bereits in seinen *Schrifften. Erster Theil. Berlin, bey C. F. Voß. 1753* zehn Fabeln in Prosa veröffentlicht hatte, erschien die erste Auflage der dreimal dreißig Fabeln mit einer Vorrede und den Abhandlungen über die Fabel zur Michaelismesse (September) 1759 unter dem Titel: *Gotthold Ephraim Lessings Fabeln. Drey Bücher. Nebst Abhandlungen mit dieser Dichtungsart verwandten Inhalts. Berlin, bey Christian Friedrich Voß 1759.* Nach einem Zweitdruck, der 1760 erschienen war, wurde 1777 die *Zweyte Auflage* in der gleichen Aufmachung wie die erste Ausgabe veröffentlicht; sie weist dieser gegenüber nur wenige, geringfügige Änderungen auf.

Den Text der zweiten Auflage bietet die vorliegende Ausgabe, der historisch-kritischen Edition durch Lachmann/Muncker folgend. Ergänzend sind drei Fabeln in Prosa aus den Schriften von 1753 angefügt, die Lessing nicht in die späteren Ausgaben aufgenommen hat, sowie vier Fabeln aus dem Nachlaß des Dichters.

Die Lesarten der sieben Fabeln, die in der Ausgabe von 1759 gegenüber der Erstveröffentlichung (1753) von Lessing leicht geändert oder gekürzt wurden, sind – mit Ausnahme nur orthographischer Verschiedenheiten – in den Fußnoten angeführt.

Die vorliegende Ausgabe beruht im einzelnen auf: *Gotthold Ephraim Lessings sämtliche Schriften. Herausgegeben von Karl Lachmann. Dritte ... Auflage, besorgt durch Franz Muncker;* die drei Bücher Fabeln nebst Lesarten finden sich im Band I (1886), S. 193–230; die sechs folgenden Fabeln ebd., S. 230–234; die siebte Fabel des Anhangs steht im Band XIV (1898), S. 231; die Vorrede und die Abhandlungen bietet Band VII (1891), S. 412–479.

Orthographie und Interpunktion wurden behutsam modernisiert. Der Lautstand blieb grundsätzlich erhalten. Nur bei wann / wenn und vor / für wurde um des besseren Verständnisses willen die heutige Form gebraucht und heischer in heiser, Jachzorn in Jähzorn geändert.

Die Anmerkungen Lessings sind durch Sternchen (*) und Ziffern gekennzeichnet, die des Herausgebers nur durch Ziffern. Die Erläuterungen R. Boxbergers (*DNL* 58, S. 217 bis 258, und *DNL* 65, S. 3–71), E. Stemplingers (*Lessings Werke*, Berlin o. J., Bong; Anmerkungsband, S. 44–47 und 635–643) und P. Rillas (*Gotthold Ephraim Lessing, Gesammelte Werke,* Bd. I, Berlin 1954, S. 259–302, und Bd. IV, Berlin 1955, S. 7–85) wurden zu Rate gezogen.

Die Quellenangaben Lessings sind den betreffenden Fabeln vorangestellt – sie finden sich in den Erstausgaben innerhalb des Inhaltsverzeichnisses. Während diese Quellen für die vorliegende Ausgabe neu übersetzt wurden, sind die Übersetzungen der fremdsprachigen Zitate innerhalb der Abhandlungen der kritischen Ausgabe von Heinrich Kurz entnommen (*Lessings Werke,* Leipzig, Verlag des Bibliographischen Instituts, o. J., Bd. V, S. 52–110).

Einschaltungen des Herausgebers im Text und in den Anmerkungen Lessings sind in eckige Klammern gesetzt; sie betreffen vor allem die Zählung der Fabeln des Aesopus und des Phaedrus. Lessing zitiert die aesopischen Fabeln nach der Ausgabe von Johannes Gottfried Hauptmann (*Fabularum Aesopicarum Collectio,* Leipzig 1741); in der vorliegenden Ausgabe ist jeweils die Zählung nach der Ausgabe Karl Halms (*Fabulae Aesopicae collectae,* Leipzig 1852) hinzugefügt. Die Zählung der Phaedrus-Fabeln wurde mit der Ausgabe von Lucianus Mueller (*Phaedri Augusti Liberti Fabulae Aesopicae,* Leipzig 1867) verglichen; Abweichungen sind vermerkt.

LITERATURHINWEISE

I. Zur Geschichte der Fabel

E. Winkler: Das Kunstproblem der Tierdichtung, besonders der Tierfabel. In: Hauptfragen der Romanistik. Fs. für Ph. A. Becker. Heidelberg 1922. S. 280–306.

H. Badstüber: Die deutsche Fabel von ihren ersten Anfängen bis auf die Gegenwart. Wien 1924.

W. Kayser: Die Grundlagen der deutschen Fabeldichtung des 16. und 18. Jahrhunderts. In: Archiv für das Studium der neueren Sprachen N. F. 60 (1931) S. 19–33.

Th. Spoerri: Der Aufstand der Fabel. In: Trivium 1 (1942) S. 31–63.

D. Sternberger: Figuren der Fabel. Berlin 1950. S. 7–24 [Titelaufsatz der Essay-Sammlung].

K. Meuli: Herkunft und Wesen der Fabel. In: Schweizerisches Archiv für Volkskunde 50 (1954) S. 65–88.

M. Staege: Die Geschichte der deutschen Fabeltheorie. Bern 1929.

W. Briegel-Florig: Geschichte der Fabelforschung in Deutschland. Diss. Freiburg i. Br. 1965.

E. Leibfried: Fabel. Stuttgart 1967. (Sammlung Metzler. 66.) – 4., durchges. und erg. Aufl. 1982.

K. Doderer: Fabeln (Formen, Figuren, Lehren). Zürich/Freiburg 1970. München 1977.

R. Dithmar (Hrsg.): Fabeln, Parabeln und Gleichnisse. Beispiele didaktischer Literatur. München 1970 [u. ö.].

R. Dithmar: Die Fabel. Geschichte, Struktur, Didaktik. Paderborn 1971. – 7., neu bearb. Aufl. 1988.

Th. Noel: Theories of the fable in the 18th century. New York / London 1975.

E. Leibfried / J. M. Wehrle (Hrsg.): Texte zur Theorie der Fabel. Stuttgart 1978.

P. Hasubek (Hrsg.): Die Fabel. Theorie, Geschichte und Rezeption einer Gattung. Berlin 1982.

R. Dithmar (Hrsg.): Texte zur Theorie der Fabeln, Parabeln und Gleichnisse. München 1982.

Fabula docet. Illustrierte Fabelbücher aus sechs Jahrhunderten. Ausstellung aus Beständen der Herzog August Bibliothek und der Sammlung Ulrich von Kritter. Mit Beiträgen von Helmut Arntzen [u. a.]. Wolfenbüttel 1983.

P. Hasubek (Hrsg.): Fabelforschung. Darmstadt 1983. (Wege der Forschung. 572.)

E. Leibfried: Fabel. Bamberg 1984.

P. Carnes: Fable scholarship. An annotated bibliography. New York / London 1985.

II. Zu Lessing

O. Edler: Darstellung und Kritik der Ansicht Lessings über das Wesen der Fabel. Herford 1890.

A. Fischer: Kritische Darstellung der Lessingschen Lehre von der Fabel. Diss. Halle 1891.

M. Ewert: Über die Fabel ›Der Rabe und der Fuchs‹ [II 15]. Diss. Rostock 1892.

A. E. Zwitzer: Einiges über das Wesen der Fabel mit besonderer Berücksichtigung der Auffassung Lessings. Emden 1893.

R. Foerster: Lessing und Reiskes [recte: Reiske] zu Äsop. In: Rheinisches Museum für Philologie N. F. 50 (1895) S. 66–89.

F. Tschirch: Geschmiedetes Gitterwerk. Eine Lessing-Fabel als künstlerische Gestalt [I 22]. In: Muttersprache 60 (1950) S. 138–144.

D. Sternberger: Über eine Fabel von Lessing [II 8]. In: D. S.: Figuren der Fabel. Berlin 1950. S. 70–92.

H. Gottwald: Lessings Fabeln als Kunstwerk. Diss. Bonn 1950. [Masch.]

H. L. Markschies: Lessing und die äsopische Fabel. In: Wissenschaftliche Zeitschrift der Karl-Marx-Universität Leipzig. Gesellschafts- und sprachwissenschaftliche Reihe 4 (1954/55) S. 129–142.

P. Rilla: [L.s] Fabeluntersuchung und Prosafabeln. In: G. E. Lessing: Gesammelte Werke. Hrsg. von P. R. Bd. 10. Berlin 1958. S. 101–103.

K. A. Ott: Lessing und La Fontaine. Von dem Gebrauch der Tiere in der Fabel. In: Germanisch-Romanische Monatsschrift 40 (1959) S. 235–266.

K. Guthke: Gotthold Ephraim Lessing. Stuttgart 1967. (Sammlung Metzler. 65.) – 3. Aufl. 1979.

S. Seifert: Lessing-Bibliographie. Berlin/Weimar 1973.

S. Eichner: Lessings Prosafabeln in seiner Theorie und Dichtung. Bonn 1974.

W. Barner [u. a.] (Hrsg.): Lessing. Epoche – Werk – Wirkung. München 1975. – 5. Aufl. 1987.

V. Riedel: Lessing und die römische Literatur. Weimar 1976.

J. Jakobs: Lessing. München 1986. (Artemis-Einführungen. 27.)

W. Mauser: Weisheit und Macht in Lessings Fabel ›Die Esel‹ [II 10]. In: Fs. für Guy Stern. Wayne 1987.

N. Altenhofer: Gotthold Ephraim Lessing. In: Deutsche Dichter. Leben und Werk deutschsprachiger Autoren. Hrsg. von G. E. Grimm und F. R. Max. Bd. 3. Stuttgart 1988. S. 184–232.

NACHWORT

Seit dem Jahr 1746, in dem der Professor für Dichtkunst Johann Friedrich Christ den siebzehnjährigen stud. theol. Gotthold Ephraim Lessing in Leipzig auf die antiken Fabeln aufmerksam gemacht hatte – gerade damals erschienen Christs Untersuchungen zu den Fabeln des Phaedrus –, hat Lessing für diese Gattung ein stetes Interesse bewahrt. Seine dichterische, kritische, philosophische und philologische Beschäftigung mit der Fabel findet schon in ersten dichterischen Versuchen 1747 Ausdruck, bezeugt sich in Rezensionen der Fabeln Holbergs, Gleims und Gays in den fünfziger Jahren sowie in der Übersetzung der Richardsonschen Fabelbearbeitungen im Jahr 1757, ehe sie ihren Höhepunkt mit der Veröffentlichung der Fabelabhandlungen, der drei Bücher Fabeln und dem beide Leistungen resümierenden 70. Literaturbrief im Jahr 1759 erreicht. Wohl im gleichen Jahr dürften auch die Voruntersuchungen zu Aesopus und Phaedrus formuliert worden sein. Bereits im folgenden Jahr entsteht der 127. Literaturbrief, in dem Lessing sich mit der Kritik Bodmers und Breitingers auseinandersetzt und seinen Standpunkt in der Diskussion um die Fabel erneut vertritt. Zugleich äußert er brieflich dem Vater und Ramler gegenüber den Plan, die Fabeln für eine zweite Auflage zu vermehren und die Abhandlungen ausführlicher zu erläutern; dieser Absicht geschieht jedoch erst sechzehn Jahre später wieder in einem Brief vom 16. Juni 1776 an den Bruder Karl Erwähnung: Lessing hatte inzwischen die Arbeit gefördert – aber durch einen unglücklichen Zufall sind damals »an die vierzig neue Fabeln ..., von denen ich keine einzige wieder herstellen kann«, verlorengegangen. So blieb die zweite Auflage der Fabeln und Abhandlungen 1777 ohne Erweiterungen. Statt dessen hatte sich Lessing den mittelalterlichen Fabeln zugewandt: 1773 erschienen Abhandlungen *Über die sogenannten Fabeln aus den Zeiten der Minnesinger* und über *Romulus und Rimicius*. Die letzten Arbeiten galten bis zum Sterbejahr 1781 den Bemerkungen *Zur Geschichte der aesopischen Fabel*, der ›Zweiten Entdeckung‹ aus dem Bereich der mittelhochdeutschen Fabeldichtung und den Untersuchungen *Über den Anonymus des Nevelet.*

Es gefiel Lessing »auf diesem gemeinschaftlichen Raine der Poesie und Moral« zeitlebens – wie vielen seiner Zeitgenossen, die in der Fabel die ideale Erfüllung der Forderung des Horaz sahen, daß dem »prodesse« wie dem »delectare« in der Dichtung Genüge zu geschehen habe.

Der Produktivität der vielen Fabeldichter des 18. Jahrhunderts (vgl. *Deutsche Fabeln des 18. Jahrhunderts,* Universal-Bibliothek Nr. 8429/30) entsprach die Aufmerksamkeit eines großen Publikums; selbst Friedrich der Große fand in seiner Schrift *De la Littérature Allemande* ein Wort des Lobes für Gellerts Fabeln, das merkwürdig isoliert inmitten der Ablehnung aller anderen deutschen Dichtungen steht: »Tout ce que je puis vous accorder sans me rendre le vil flatteur de mes compatriotes, c'est que nous avons eu dans le petit genre des fables, un Gellert, qui a su se placer à côté de Phèdre et d'Esope.« 1746 waren Gellerts Fabeln erschienen, denen ein sofortiger, anhaltender und sogar internationaler Erfolg beschieden war; acht Jahre zuvor hatte Hagedorn seine Fabeln veröffentlicht. Beide ahmen recht glücklich die Manier La Fontaines nach, dessen Vorbild auch der junge Lessing nicht verleugnet: Unter den gereimten Fabeln und Erzählungen, die seit 1747 entstanden, weist Lessing selbst *Die kranke Pulcheria* als freie Bearbeitung der *Alix malade* aus den *Contes* La Fontaines aus.

Erst nach Erscheinen des ersten Teils seiner Schriften gewinnt der junge Dichter die notwendige Distanz zu seinen frühen Werken, um andere Wege zu suchen. Eine Übersetzung der Fabelbearbeitungen Richardsons, die im März 1757 abgeschlossen wurde, mag Anlaß gewesen sein, erneut über die Gattung nachzudenken; das erforderte auch die geplante Rezension der Gleimschen Fabeln, die 1756 erschienen waren und durchaus in der Nachfolge La Fontaines stehen. Im Brief

Lessings an seinen Freund Mendelssohn vom 18. August 1757
findet sich die bezeichnende Bemerkung, er habe die »Gleimschen Fabeln ... nie für gute« gehalten; dann fährt er fort:
»Aber was gehen mich fremde Fabeln an, da ich für meine
genug zu sorgen habe?«

Seit dieser Zeit ist Lessing also spätestens wieder mit der
Fabeldichtung und mit Überlegungen zur Fabeltheorie be-
schäftigt (das geht auch bereits aus Mendelssohns Brief vom
4. August 1757 hervor, in dem er einige der am 6. Juli 1757
übersandten Fabeln als besonders gut gelungen lobt; dabei
handelt es sich um die Fabeln I 5, 6 und 30 sowie III 3, 4 und
7–10). Lessings neuen Einsichten konnten Gleims Fabeln
nicht mehr entsprechen; um aber den gutmütigen Dichter nicht
durch eine harte Kritik zu kränken, hat Lessing seine Meinung schließlich ohne direkten Bezug auf Gleim in den Abhandlungen niedergelegt und zugleich entsprechend die Rezension immer weiter hinausgeschoben, um sie schließlich zum
größeren Teil Mendelssohn zu überlassen. Sie erschien 1758
in der *Bibliothek der schönen Wissenschaften und der freyen
Künste* und spricht bereits einen Hauptgedanken der Abhandlungen aus: Auch die besten Fabeln Gleims seien nicht
»von kleinen Fehlern frei, indem man öfters die Wahrheit,
Einheit und Moralität der aesopischen Fabel vermißt«.

Vor diesem neuen Ideal Lessings konnten selbst die drei-
zehn eigenen Versfabeln nicht mehr bestehen, und von den
zehn Fabeln in Prosa wurden nur noch sieben neben den
dreiundachtzig neugeschaffenen Fabeln anerkannt.

Die vorliegende Ausgabe bietet die drei ausgeschiedenen
Fabeln im Anhang. Ein Vergleich mit den 1759 veröffentlich-
ten Fabeln ist aufschlußreich. Vor allem die unerträglich
empfindsame Redseligkeit des dritten Stückes, *Damon und
Theodor,* läßt deutlich erkennen, wie sich Geschmack und
Stil des Dichters inzwischen entwickelt haben.

Auch die Veränderungen in sechs der sieben früheren Prosafabeln zeigen die gleiche Tendenz zur »Einheit« und vor
allem zur Kürze. So werden neben stilistischen Verbesserun-

gen in I 14 eine zu redselige Apposition, in I 29, II 10 und III 15 jeweils eine überflüssige Ausdeutung rücksichtslos gestrichen, während in II 8 das ursprünglich gereimte Epimythion in knappe Prosa umgeformt wird.

In liebenswürdiger Umschreibung, die Kritik in ein scheinbares Lob einkleidend, kennzeichnet Lessing seinen neuen Weg gegenüber Gleim im Brief vom 23. Oktober 1759, aus dem die gleiche Schonung spricht, die schon die Rezension charakterisierte: »Anbei habe ich müssen meine Lappalien vollends fertigmachen. Hier erhalten Sie ein Exemplar davon. Es sind Fabeln, liebster Freund; und ich kann es voraussehen, daß weder meine Fabeln noch meine Abhandlungen den Beifall eines Dichters, und folglich auch Ihren nicht, erhalten können. Ich habe, wie Sie sehen werden, lieber einen andern und schlechteren Weg nehmen als mich der Gefahr einer nachteiligen Parallele mit den Gleims und La Fontainen aussetzen wollen.«

Weniger liebenswürdig war die ebenso kurze wie eindeutige Kritik der Fabeln Gays im 3. Literaturbrief ausgefallen, an die Lessing unübersehbar seinen neugewonnenen Maßstab anlegt: »Ein guter Fabeldichter ist Gay überhaupt nicht, wenn man seine Fabeln nämlich nach den Regeln beurteilt, welche die Kunstrichter aus den besten Fabeln des Aesopus abstrahieret haben.« Damit war zugleich allen Nachahmern des La Fontaine das Urteil gesprochen. Es galt nun, dieses Urteil in den Abhandlungen zu begründen und die ›aesopischen Regeln‹ in der Praxis eigener Fabeldichtung zu erproben.

Kein Geringerer als Herder hat die ›glückliche, leichte, sokratisch-platonische Analyse‹ gelobt, die Lessing vornehmlich in den Fabelabhandlungen gelungen sei. Worin solche ›Sokratische Lehrart‹ besteht, hat Lessing selbst 1759 am Ende des 11. Literaturbriefs so formuliert: »Was tat Sokrates anders, als daß er alle wesentlichen Stücke, die zu einer Definition gehören, durch Fragen und Antworten herauszubringen und endlich auf ebendie Weise aus der Definition

Schlußfolgen zu ziehen suchte?« Dieses Schema zeigen die
Fabelabhandlungen durchgehend; und allein schon dieses
meister- und musterhaften Gangs der Untersuchung wegen,
die bei aller Gelehrsamkeit und Akribie nie den lebhaften
und mitreißenden Schwung verliert, verdienen die Abhandlungen Bewunderung.

Vor allem die erste und bedeutendste der Abhandlungen,
Von dem Wesen der Fabel, führt auf diese Weise zu den berühmt gewordenen Definitionen der Handlung und der Fabel selbst. Zuvor galt es, sich mit den Vorgängern auseinan-
derzusetzen; statt den Leser mit umfassenden Darstellungen
und Widerlegungen zu ermüden, wird dabei ausnahmslos
eklektisch verfahren: Lessing widerspricht den Begriffsbe-
stimmungen La Mottes, Richers, Breitingers und Batteux'
jeweils nur in einem Punkt, der ihm für den Gang seiner
Untersuchungen wichtig ist, und geht von da aus selbständig
weiter.

Im zweiten Teil kommt er notwendig auf Breitingers The-
sen über das Wunderbare in der Dichtung zurück, um seine
gegensätzliche Meinung desto deutlicher herauszuarbeiten,
nach der die Tiere ausschließlich ihrer »allgemein bekannten
und unveränderlichen Charaktere« und ihrer ›unvollkomme-
neren‹ Art wegen Helden der Fabel sind: als solche müssen
sie nicht umständlich eingeführt werden und erregen nach
Lessings Auffassung weniger Leidenschaften als etwa handelnde Menschen.

Der dritte Abschnitt zeigt die ganze Systemfreudigkeit des
18. Jahrhunderts – und Lessings. Die Ein- und Unterteilun-
gen, nach deren Nutzen man vergeblich fragen wird, können
dem Verfasser nicht subtil genug sein – dennoch scheint eine
so monströse Gruppenüberschrift wie ›hyperphysisch-mythi-
sche Fabeln‹ schon sehr bald Lessing selbst ein Lächeln abge-
nötigt zu haben, wenn er sich im 70. Literaturbrief (vom No-
vember 1759) glossiert: »Welche Wörter! werden Sie ausru-
fen. Welche unnütze scholastische Grübelei! Und fast sollte
ich Ihnen recht geben.« Der bleibende Ertrag dieser Abhand-

lung ist die Betonung der Einheit der Fabel gegenüber Le Bossu.

In der vierten Abhandlung findet sich die Auseinandersetzung mit La Fontaine, dessen Genie direkt zu verurteilen, Lessing allerdings zu kunstverständig ist. So geht er mit den Nachahmern des Franzosen ins Gericht und verweist die Fabel mit seinem Angriff gegen den dichterischen Schmuck drakonisch aus dem Bereich der Poesie; allein die aesopische Kürze und Präzision dünkt ihn maßgeblich. – Diese Ansicht Lessings hat sich später auch Novalis zu eigen gemacht, der im Fragment 6, 210 über die Fabel schreibt: »Zur schönen Kunst gehört sie nicht – Sie ist technisch – Gebild der Absicht – Leiter eines Zwecks ... Auf die Schönheit ... legt der erste Künstler keinen Wert.«

Zeigt die vierte Abhandlung Lessing einmal mehr als getreuen Schüler Wolffs, so erweisen ihn die abschließenden Ausführungen durchaus als optimistischen Rationalisten, der durch eine vernunftgemäße Erziehung, zu der vor allem das (Er-)Finden von Fabeln gehört, den Knaben schlechterdings zum ›Erfinder und selbstdenkenden Kopf‹, ja zum »Genie« zu machen gedenkt.

Solche und ähnliche zeitgemäße Überlegungen sind nur noch historisch interessant. Von Bedeutung bleibt jedoch die Frage nach der Stellung Lessings innerhalb der Geschichte der Fabeltheorie. Im bereits erwähnten 11. Literaturbrief heißt es abschließend über Sokrates: »Seine Definitionen sind durchgehends richtig; und wenn seine Beweise nicht immer die strengste Probe aushalten, so sieht man wenigstens, daß es mehr ein Fehler der Zeiten, in welchen er lebte, als eine Vernachlässigung und Geringschätzung der trocknen Untersuchung von seiten des Philosophen gewesen.« Mit diesen Worten ist Lessings Fabeltheorie vom modernen Standpunkt aus im wesentlichen charakterisiert. Denn Lessing konnte seinerzeit noch nicht wissen, daß die sogenannten aesopischen Fabeln keineswegs die ursprüngliche Ausformung der Gattung darstellen; vielmehr wurden die poesievollen Fabeln der Frühzeit – wie sie etwa die in der Mitte des 19. Jahrhunderts wiederentdeckte Sammlung des Babrios überliefert – erst in den spätantiken Rhetorenschulen zu zweckdienlicher Kürze und epigrammatischer Präzisierung der Pointe verknappt.

Die Frage ist nicht ohne Reiz, ob Lessing, sofern er von diesen Zusammenhängen gewußt hätte, zu einer anderen Auffassung der Gattung gelangt wäre. Das mangelnde Verständnis für die Eigenart des mittelalterlichen Tierepos, das die Bemerkungen zum *Reineke Fuchs* zeigen, scheint immerhin anzudeuten, daß er kein historisches Vorbild anerkennen wollte und konnte, das seinem eigenen dichterischen Naturell nicht zusagte. Der Neigung Lessings zum Epigrammatischen, zur verstandesscharfen Klarheit entspricht die pragmatische Kürze der aesopischen Fabel so ideal, daß er in ihr die historische Beglaubigung für seine Auffassung wohl schlechterdings finden mußte. Noch in seiner letzten Schrift zur Fabel sind ihm Präzision und Kürze wesentliche Kriterien für die Ursprünglichkeit einer Dichtung: »In 28 Zeilen erzählt Trimberg [in seinem mittelhochdeutschen Lehrgedicht *Der Renner*], wozu sich Boner [in seiner mittelhochdeutschen Fabelsammlung *Der Edelstein*] an die 70 nimmt. Und fehlt es dieser Kürze darum an Klarheit? ... Welcher Nacherzähler ist nicht weitschweifig und wässerig? Und welches Kennzeichen der Ursprünglichkeit ist sicherer als die Anwendung gerade nur so vieler Worte als eben zum vollständigen Ausdrucke unentbehrlich sind?«

Das unbedingte Streben nach Kürze zwingt den Fabeldichter zum treffendsten Ausdruck, zur klarsten Syntax, zum gradlinigsten Aufbau: Lessings einseitige und rigorose Vorstellungen haben Meisterwerke der Fabeldichtung gezeigt, Kunstwerke unverwechselbarer Eigenart, die nur aus solch fruchtbarer Subjektivität erwachsen konnten und seither ein aus der Gattungsgeschichte nicht mehr wegzudenkender Gegenpol zur poesievollen Weitschweifigkeit La Fontaines und seiner Nachahmer sind.

Fast alle späteren Kritiker, die wie Friedrich Schlegel (in
seinem Aufsatz *Über Lessing*) bemängeln, daß »es ihm an
historischem Sinn ... fehlte«, werden ihrerseits der geistes-
geschichtlichen Situation Lessings nicht gerecht. So hat Jacob
Grimm in scharfer Antithese zu den Abhandlungen im Vor-
wort zum *Reinhart Fuchs* (1834) gesagt: »Kürze ist ihm die
Seele der Fabel, und es soll in jeder nur *ein* sittlicher Begriff
anschaulich gemacht werden; man darf umgedreht behaupten,
daß die Kürze der Tod der Fabel ist und ihren sinnlichen
Gehalt vernichtet.« Indem Grimm auf diese Weise die Grenze
zwischen Tierepos und didaktischer Fabel in umgekehrter
Hinsicht wie Lessing ignoriert, kann er der Auffassung Lessings nicht gerecht werden. Und ob man nun die Meinung,
daß »nur ein Geist von der Schärfe des Lessingschen imstande
war, den Fabeln bei aller Kürze so viel Geist einzuhauchen,
daß sie noch immer fesseln konnten« (Prosch), teilt oder nicht:
unbestreitbar hat Lessing erwiesen, daß die Kürze geradezu
eine Voraussetzung meisterhafter Fabeldichtung sein *kann*.

Die historisch nicht gerechtfertigte Kritik scheint nicht ver-
stummen zu wollen. Wenn Wolfgang Kayser vor einiger Zeit
Lessings Fabeln »blutlos« nannte, so läßt sich gegen ein solches Geschmacksurteil natürlich nicht streiten; wenn er aber
für diese angebliche Schwäche Lessings Überzeugung verant-
wortlich macht, »daß sich die Fabel ›ganz gewiß nur auf eine
einzige Art gut erzählen läßt‹«, so übersieht er, daß Lessing
den Gattungsbegriff so formulieren mußte, wie es seinen
dichtungsgeschichtlichen Kenntnissen und vor allem seinem
Ingenium entsprach, und daß er unter diesen Voraussetzungen in fruchtbarer Einseitigkeit die Gattung mit seinen in
ihrer Art zweifellos hervorragenden Fabeln bereicherte. Das
zu sehen und anzuerkennen, waren die Zeitgenossen merk-
würdigerweise fähiger – und kunstverständiger.

Zwar konnten es sich Bodmer und Breitinger nicht versa-
gen, den immerhin gemäßigten Angriff Lessings in den Abhandlungen mit dem 360 Seiten füllenden Pamphlet *Lessingische unäsopische Fabeln. Enthaltend die sinnreichen Einfälle*

und weisen Sprüche der Thiere. Nebst damit einschlagender
Untersuchung der Abhandlungen Herrn Leßings von der
Kunst Fabeln zu verfertigen. Zürich, 1760 zu beantworten
(das Herder eine »plumpe Kritik« nennt, deren ›schläfrige
und elende Parodien die feinste Lobschrift auf Lessing‹ seien);
Gleim aber, der sich viel grundsätzlicher getroffen fühlen
mußte, hatte die Größe, an Lessing zu schreiben: »Beides,
Fabeln und Abhandlungen, habe ich mit Bewunderung des
Geistes gelesen, der sie uns geschenkt hat ... Die edle Einfalt,
... welche zu erreichen mir nicht möglich gewesen ist, haben
Sie vollkommen erreicht. In den Abhandlungen fand ich neben der lehrreichen Gründlichkeit Gedanken, die mir notwendig sehr gefallen mußten ... [Ihr Buch] steht unter unsern wenigen klassischen Schriftstellern in meiner Bibliothek
obenan« (8. Januar 1760). Von Gellert ist kein Wort der
Kritik überliefert, obwohl Lessings Abhandlungen (unausge-
sprochen) nicht nur gegen seine Fabeldichtung, sondern auch
gegen seine Ausführungen *De poesi apologorum eorumque*
scriptoribus (1744) gerichtet sind. Und selbst Ramler, der in
einem Brief an Gleim beklagt, daß Lessing das von ihm
übersetzte Werk des Batteux angegriffen hat, will sachlich
nichts gegen die Abhandlungen einwenden: »Ich weiß, daß
Herr Lessing seine Meinung sagen ... will ... Antworten Sie
ihm also doch nur immer auf das Geschenk von seinen Fabeln« (29. Dezember 1759).

Gewiß hat Erich Schmidt recht: »Lessings ganze Theorie ...
steht noch im Bereich der gesetzgeberischen, einseitig auf
einem Muster fußenden, abzirkelnden Poetik« – aber was
sagt das gegen die befruchtenden Ideen, die der Dichter Lessing dem Theoretiker verdankt? – Nichts ist damit vor allem
gegen den meisterhaften Stil und Aufbau der Untersuchung,
gegen die überredende Kraft der Fülle von Beispielen und
Reflexionen gesagt. Und vor allem: wie genial hat es Lessing andrerseits verstanden, den ganzen einengenden Regel-
kodex wieder zu relativieren, wenn es um die dichterische
Praxis geht! So bittet er in der Vorrede den Leser bezeich-

nenderweise, »die Fabeln nicht ohne die Abhandlungen«
(und das heißt auch: die Abhandlungen nicht ohne die Fabeln) zu beurteilen: »Sollte er auch schon dabei entdecken,
daß meine Regeln mit meiner Ausübung nicht allezeit übereinstimmen: was ist es mehr? Er weiß von selbst, daß das
Genie seinen Eigensinn hat; daß es den Regeln selten mit
Vorsatz folget und daß diese seine wollüstigen Auswüchse
zwar beschneiden, aber nicht hemmen sollen.«

»Und gewiß!« urteilt Herder in seiner Kritik von 1768,
»mehr, als er denkt, ist Lessing im Vortrage seiner Fabeln
Poet. Der ganze Reichtum von Wendungen und Munterkei-
ten; die feinste Kunst des Dialogus: die beinahe zum Epigramm zulaufende Kürze: der originale Schwung, der jede
Fabel neu macht – ist das nicht poetischer Vortrag, der uns
für Reime und Geklingel der Verse schadlos hielte?« Die
Kürze, die für Lessing unabdingbar ist, wenn die Fabel auf
das Wesentliche zurückgeführt werden soll, erweist sich eben
nicht als ›Tod der Fabel‹, erfordert allerdings höchste dichterische und sprachliche Kraft und Konzentration. So nur
konnten die Lessingschen Fabeln »Muster der deutschen Prosa«
werden, »sparsam ohne Geiz, knapp ohne Trockenheit, un-
übertrefflich präzis. Kein Wort ist entbehrlich, keine Ver-
schiebung möglich« (Erich Schmidt).
    Meist führt gleich der erste Satz den Leser unmittelbar
in die Handlung, leistet zugleich das für die Exposition Notwendige und charakterisiert darüber hinaus fürs erste die
Dialogpartner: »Ihr armseligen Ameisen, sagte ein Hamster«
(I 2); *ein* Adjektiv reicht aus, die scheinbar erbarmungswür-
dige Situation des einen, die Hochnäsigkeit des andern un-
überhörbar anzudeuten. »Ein gefräßiges Schwein mästete
sich, unter einer hohen Eiche« (I 15): wie das Adjektiv sogleich im Prädikat Bestätigung findet, wie die Geschieden-
heit der Sphären in der Präposition und im zweiten Adjektiv einprägsam angedeutet ist, zeigt in höchster Verdichtung
Lessings Prosakunst – um so überraschter stellt der Leser am

Ende der Fabel fest, daß ihm der Dichter mit dieser Exposition in Wirklichkeit ein leichtfertiges Vorurteil unwiderstehlich suggeriert hat, das dann ebenso schlagend und eindeutig zu widerlegen der so knapp bemessene Umfang des Kunstwerks einem Lessing noch hinreichend Raum bietet.

Fast alle Fabeln bestehen größtenteils aus geschliffenen Dialogen im Sinn jener Definition, die eine »Folge von verschiedenen Gedanken« mit dem gleichen Recht »Handlung« nennt wie eine sichtbare Begebenheit. Einsträngigkeit der Handlung, Einheit von Ort und Zeit sind fast ausnahmslos gewahrt. So sparsam wie in der Exposition zeigt sich Lessing bei der Formulierung der ›Lehre‹ – wenn sie sich nicht bereits von selbst so eindeutig aus der Handlung ergibt, daß sie nicht eigens ausgesprochen zu werden braucht. Gerade in dieser Hinsicht wird die ganze Variationsbreite im Aufbau der Fabeln deutlich: Zuweilen erscheint der »moralische Satz« als Promythion (etwa I 25); zuweilen genügt eine bloße Andeutung, die ein Dialogpartner (etwa I 22) oder der Dichter selbst (etwa I 6) macht; zuweilen erscheint das ›fabula docet‹ ganz zum Epigramm (etwa II 7) zugespitzt (»bei Lessing ist es oft ein Epigramm unter der Fabel, und da ist es willkommen«, schreibt Novalis im Fragment 6, 211).

Die Themen der Lessingschen Fabeln sind überaus mannigfach: Von der literarischen Kritik an den Dichtern des ›Weltschmerzes‹ und den Klopstock-Nachahmern, wie sie etwa *Der Hirsch, Der Strauß* oder *Der Sperling und der Strauß* bieten, über die Entlarvung der Stellenjäger im Bereich der Wissenschaft *(Der Adler und der Fuchs,* eine Fabel, die ein Thema der akademischen Antrittsrede Schillers vorwegnimmt) und die Vorklänge einer noch heute aktuellen Sozialkritik *(Der Esel mit dem Löwen)* bis hin zum archaischen Tiefsinn des *Tiresias,* der erst zum Friedensstifter werden kann, wenn er die Liebe aus der Sicht des Weibes erkannt hat, führt der vielgestaltige Ideenstrom.

Daß es jedoch Lessing wesentlich auf die Form und die erhellende Kraft der Fabel, erst in zweiter Linie hingegen auf die moralische Lehre angekommen ist, hat er selbst in einem Brief an Mendelssohn ausgesprochen, der die Fabel I 5 in dieser Hinsicht kritisiert hatte: »Das bin ich mir wohl bewußt, daß meine Moralen nicht immer die neuesten und wichtigsten sind; aber wer kann immer neu sein? Es ist wahr, die Lehre aus meiner Fabel *Zeus und das Pferd* ist schon oft eingekleidet worden; aber wenn gleichwohl meine Einkleidung eine von den besten ist, so kann ich, glaube ich, mit Recht verlangen, daß man die ältern und schlechtern für nicht geschrieben halte« (18. August 1757 – Siebzig Jahre später will Goethe in seinem Aufsatz *Über das Lehrgedicht* ähnlich »das Verdienst der vorzüglichsten Gedichte dieser Art nicht nach dem Nutzen ihres Inhalts, sondern nach dem höhern oder geringern Grade ihres poetischen Wertes« gemessen wissen).

Fernab von aller modernen Originalitätssucht gibt Lessing für genau die Hälfte seiner Fabeln eine antike Quelle an: Acht Fabeln des ersten und neun des dritten Buches sind durch das Lehrbuch des Aelianus angeregt, und neben je einer Fabel auf ein Stichwort des Suda-Lexikons und des Antoninus Liberalis greifen sechsundzwanzig Fabeln des zweiten Buches jeweils auf ein Thema des Aesopus oder des Phaedrus zurück. Einen Vergleich mit den antiken Mustern hat Lessing nicht nur nicht gescheut, sondern auf diese Weise sogar empfohlen.

Daß sich die Schweizer dennoch ausgerechnet unter anderen auch die 28. Fabel des zweiten Buches – deren Moral sie überdies abscheulich dünkte – zum Ziel ihrer Kritik wählten, gab Lessing Gelegenheit, seine Auffassung (die er in der Fabel II 1 bereits dichterisch gestaltet hatte) in dieser Hinsicht nochmals apologetisch zu erläutern: Bodmer behauptet, »daß Lessing seine Fabeln nicht erfunden, sondern aus diesen alten Schriftstellern zusammengestoppelt habe. Es ist wahr, er führet sie in seinem Verzeichnisse an: allein wer diese Anführungen untersuchen will, wird finden, daß nichts weniger als seine Fabeln darin enthalten sind.« Es gehe also nicht

darum, fährt Lessing fort, »die Genealogie seiner Kenntnis von dergleichen bekannten Umständen [zu sehen], sondern seine Geschicklichkeit, sie zu brauchen«. Was steht nun
von der angegriffenen Fabel im Suda-Lexikon? – Nur, »daß
›Immerjungfer‹ ein Beiname der Furien gewesen sei. Weiter
nichts! Und doch soll dem Suidas mehr als Lessingen diese
Fabel gehören? . . .« (127. Literaturbrief). Man wird dieser
Selbstrechtfertigung zustimmen müssen – vor allem, wenn
man sie auf dem Hintergrund einer späteren Äußerung Lessings betrachtet, die in ihrer unvergleichlichen Bescheidenheit
für sich spricht: »Ich würde so arm, so kalt, so kurzsichtig sein,
wenn ich nicht einigermaßen gelernt hätte, fremde Schätze
bescheiden zu borgen, an fremdem Feuer mich zu wärmen
und durch die Gläser der Kunst mein Auge zu stärken«
(*Hamburgische Dramaturgie*, 19. April 1768).

Mit dem zahlensymmetrischen Aufbau der drei Bücher
Fabeln steht Lessing durchaus in der Tradition seiner Zeit.
So hatte Daniel Stoppe zweimal (1738 und 1740) vier Bücher zu je 25 Fabeln veröffentlicht; Daniel Wilhelm Triller
brachte 1740 seine ›Aesopischen Fabeln‹ genau auf die Zahl
von 150; Johann Ludwig Meyer von Knonau folgte dieser
Gewohnheit 1744 mit seinem ›halben Hundert neuer Fabeln‹
und Gleim 1756/57 mit seinen zweimal 25 Fabeln (ähnlich
hatten bereits 1249 Ulrich Boner und 1548 Burkard Waldis
mit ihren 100 bzw. 400 Stücke umfassenden Fabelbüchern
Vorliebe für die runde Zahl bezeugt). Die Einteilung der 90
Fabeln in drei Bücher ergab sich für Lessing aus entsprechenden Äußerungen in den Abhandlungen: Das zweite Buch soll
im wesentlichen die Ideen der fünften Abhandlung realisie-
ren, während Beispiele für die nicht eben glücklichen Vor-
schläge, mit denen die dritte Abhandlung schließt, sich ausschließlich im dritten Buch finden; auf eine starre symmetri-
sche Verteilung nach den Prinzipien seiner »Einteilung der
Fabeln« hat Lessing allerdings verzichtet. Durchgängig sind
hingegen die jeweils ein Buch eröffnende und beschließende
Fabel programmatischer Art. Unter ihnen ragt *Der Besitzer*

des Bogens (III 1) als die gelungenste Dichtung hervor, eine
Fabel, die zugleich ist, was sie lehrt. Darüber hinaus bietet
sie ein vollkommenes Bild der Lessingschen Fabel überhaupt;
sie bedeutet dem Leser, was er an solchem Meisterwerk hat:
einen »trefflichen Bogen«, aus edelstem Material gearbeitet,
mit dem sich »weit« und »sehr sicher« treffen läßt und als
dessen schönsten und angemessensten Schmuck der »Besitzer«
schließlich schätzenlernt, was er zunächst kurzsichtig als Ar-
mut empfunden hatte: »Alle deine Zierde ist die Glätte.«

Heinz Rölleke

INHALT

Gotthold Ephraim Lessing

IN RECLAMS UNIVERSAL-BIBLIOTHEK

Philipp Reclam jun. Stuttgart